KB073093

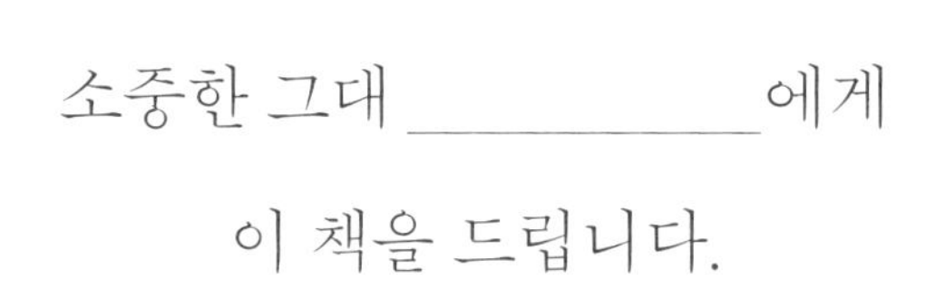

세상에 사랑받지 않아도 되는 사람은 없습니다.

보석보다 귀하고 빛나는 당신,
이 책을 한 장 한 장 읽을 때마다
하나님의 위로하심이
그대에게도 흘러가길
소망합니다.

힐링 사역자 고우리의 파란만장 인생 간증 이야기

눈물로 쓴 이야기, 들어 주실래요?

고우리 지음

좋은땅

목차

올 게 왔다,
내 결혼생활의 종지부, 이혼

[마태복음 19:4-6 예수께서 대답하여 이르시되 사람을 지으신 이가 본래 그들을 남자와 여자로 지으시고 말씀하시기를 그러므로 사람이 그 부모를 떠나서 아내에게 합하여 그 둘이 한 몸이 될지니라 하신 것을 읽지 못하였느냐 그런즉 이제 둘이 아니요 한 몸이니 그러므로 하나님이 짝지어 주신 것을 사람이 나누지 못할지니라 하시니]

행복했던 날은 처음부터 없었던 것처럼 우린, 그렇게 이혼을 했다.

어디서부터 무엇이 잘못되었는지조차 모를 만큼 우리는 뭐가 그렇게도 문제가 많았던 것일까? 꼬리에 꼬리를 물고 많은 생각을 해 봤지만 결국 그 생각의 끝은 이혼만이 답이라는 결론이 나를 지배했다.

이혼도장을 찍던 날.

아무렇지 않은 듯 아이를 어린이집에 보내놓고, 아내로서 남편에게 해 주는 마지막 음식이었던 인스턴트 우동을 끓여 둘이 마주 앉아 애써 차오르는 눈물을 들키지 않으려 우동가락을 입안에 더욱 욱여넣었다.

2015년 9월의 어느 날….

하늘은 유독 맑았고, 눈이 부시게 찬란했다. 그 눈부신 햇살을 핑계 삼아 눈을 잠시 감아 본다.

어김없이 눈물이 흐른다. 그래도 오늘 흘리는 눈물은 죄책감 없는 눈물이었다. 이혼을 앞두었으니 오늘쯤은 펑펑 울어도 괜찮다고 스스로를 위로하며 목 놓아 울었다. 내가 흘릴 눈물이 오늘이 마지막이기를…. 간절한 마음으로 빌고 또 빌며 만 5년간의 치열했던 내 결혼생활은 그렇게 끝이 났다. 이제는 앞으로 받지 않는 전화를 붙들고 눈물짓지 않아도 되는구나….

잔소리처럼 언제 들어오는 거냐고 묻지 않아도 되는구나….

그것만으로도 숨통이 트일 것 같았다.

이혼 첫째 날

모든 흔적을 한 번에 지울 순 없었다.

욕실에 있는 남편의 칫솔, 면도기, 냄새 때문에 머리 아프다고 잔소리를 해댔던 스프레이. 옷장에 있는 속옷들, 양말들. 무엇보다 거실 3면을 둘러싸고 있는 결혼사진 액자들….

뮤지컬과 방송활동을 하느라 한 달 중 10일 이상은 지방을 도느라 누구에게도 말할 수 없는 외로움을 느끼며 "이 집은 하숙집인 거냐"고 타박을 했는데 생각보다 남편의 흔적은 여기저기 많이 널려 있었다.

남편을 기다릴 땐 남편과 사는 집이 아닌 것처럼 집이 허전하다 생각했는데 막상 이혼을 하고서는 남편 하나 없어진 것뿐인데 여기저기 온통 남편의 흔적뿐이었다. 그래서 그것을 처분하는 과정에서 마음이 너무 힘들었다.

남편은 시댁 본가로 들어가게 되면서 짐들을 정리하지 못한 채 급히 나가게 되었고, 임시거처를 마련할 동안만 짐을 잠시 맡아 달라 했지만 그 당시는 그것들과 함께 숨 쉬며 한 공간에 있는 것조차 숨이 막힐 것같이 힘이 들었다.

무엇보다 그 물건들을 볼 때 아빠를 떠올리며 아빠를 그리워하는 아이의 모습을 보는 것은 그야말로 차라리 죽고 싶을 만큼의 큰 슬픔이었다.

집에 있는 박스들을 모두 꺼내어 그 안에 물건들을 쏟아 넣기 시작했다. 그렇게 눈에 보이는 대로 담으니 큰 박스로 6, 7개가 나왔다.

짐을 가지러 가는 사이에라도 아이가 그 모습을 보고 또 눈물짓고 상처받을까 싶어 아이를 재운 후에 현관 앞에 박스들을 쌓아 두고는 그것을 가지고 가라고 문자를 보냈다. 아이를 빨리 재워야 하는 마음이 급한 날에 유독 아이들이 안 자는 건 아이를 키워 본 엄마들은 모두 공감할 것이다.

그렇게 숨죽이며 아이를 토닥토닥 재우고 나서 잠이 든

것을 몇 번이나 확인한 후에 남편의 물건을 밖에 내놓은 후 아이 옆으로 다시 조용히 누워 숨을 죽이고 천장을 바라보고 있었다.

2시간 정도가 흘렀을까….

지금쯤이면 짐을 가지고 갔을까 싶어 현관문을 열어 보니 역시나 흔적도 없이 모두 사라진 박스들.

연기처럼 사라진 그 빈자리를 보고 '아 나 이혼한 거 진짜 맞구나'라고 생각하며 그날이 처음으로 이혼이 실감 나는 순간이었던 것 같다.

그 자리에서 한참을 서서 얼마나 울었던지 그때의 그 걷잡을 수 없는 상실감이 아직까지도 내 가슴에 전해질 만큼 꽤나 강렬하게 나를 아프게 한다.

할머니가 되고 싶은 30대

그때부터 나는 오롯이 혼자 온몸으로 겪어 내는 시간들이 너무 고통스러워 세월이 빨리 흐르기를 바라는 마음으로 새벽 3, 4시에 잠을 자서 11시 12시까지 잠을 자는 폐인 같은 생활을 했다.

그만큼 나는 빨리 늙어 할머니가 되고 싶었다. 그렇게 생활하니 거짓말처럼 시간은 빨리 흘러갔다. 그러나 시간이 갈수록 나의 삶은 피폐해져 갔다.

깜깜하게 암막커튼을 쳐 놓고 창밖을 보지도 않은 채 오늘이 며칠인지 낮인지 밤인지조차 모르게 지내며 무언가 입속으로 들어가면 바로 구역질이 나와서 살도 많이 빠질 만큼 그야말로 시공간이 뒤틀리는 경험을 하며 은둔생활을 하는 시간은 몇 개월째 지속되며 길어져만 갔다.

어둠 가운데서도 빛 한 줄기만 있으면 그 어둠을 밝힐 수 있다는데 나는 그 빛조차 허용하지 않은 채 어두움과 친구가 되어 나조차도 어둠 그 자체가 되어 있었다.

빛도 희망도 없던 그때….

초점 없는 눈빛으로 자신을 바라보는 엄마를 보는 내 아이의 마음은 어땠을까….

미루어 짐작건대 아이에게는 엄마가 온 세상이고 우주인데 유일한 의지 대상인 자신의 엄마가 그렇게 매일을 죽은 사람처럼 누워만 있고 아이가 말하는 것에 전혀 공감해 주지 않으며 자신을 대하는 것이 아이에게도 얼마나 큰 외로움이었을지…. 내 상황이 힘들었으니 어쩔 수 없었던 거라고 스스로 정당화를 시켜 보고 싶지만 그때 아이의 모습을 생각하면 아직도 나는 울컥 눈물이 나며 가슴이 무너진다.

아이의 소아 우울증 그리고 틱

남자아이지만 유독 엄마를 끔찍이 생각했던 나의 아들 이하루.

'상처 많은 나를 위로하려고 태어난 아이가 아닐까' 생각하게 될 만큼 하루는 내게 존재만으로도 위로였고, 힘이었고, 그냥 나를 살아가게 하는 원동력 그 자체였다.

그런 아이에게 엄마가 되기에 한참 부족했던 나는 내가 받은 상처들을 모두 내보이며 아이를 키웠는지도 모른다. 성인인 내가 겪기에도 너무 가혹한 일들을 어린아이의 눈으로 그 모든 걸 담아내기에 얼마나 큰 고통이었을까….

남편, 그리고 아이 아빠로서의 부재에 대한 서운함을 달리 표현할 길이 내겐 없었다. 그래서인지 나는 속으로 더 곪아 들어갔고, 남편은 화려해질수록 나는 초라해져 가는 것만 같아서 깊은 우울감으로 하루하루를 아슬아슬 버텨 내며 살았다 보니 남편과의 잦은 싸움이 결국은 장기적인 가정불화를 겪고 있었지만 그럼에도 우리 가정을 지켜보고 있는 사람들을 의식해서 밖에서는 티를 낼 수조차 없어 늘 괜찮은 척을 하며 살았다.

어린이 프로그램 진행자를 맡고 있던 까닭에 그 당시 하루 또래의 엄마들은 거의 남편을 알고 있었고, 그 속에서 나는 더욱 고립되어만 갔다.

나는 원래가 아주 밝은 사람이 아닌데 밖에서는 언제나 밝아야 했고, 웃어야 했고, 행복한 척해야만 했다. 그건 누가 시키지 않아도 본능적으로 그렇게 살아야 맞는 거라고 생각을 했는데 그건 아이에게도 똑같이 적용이 됐던 것 같다.

사실 행복하지 않은데 행복한 척을 해야 하는 것도 힘들지만 그중 제일 힘든 것은 괜찮지 않은데 괜찮은 척을 해야 한다는 것이었다. 나는 죽고 싶을 만큼 괴로운데 그것을 숨기고, 세상 제일 행복한 척하며 이런 삶이 꽤 괜찮다고 괜찮은 척 보여야 하는 그 삶이 너무나 고통스러웠다.

이혼 당시 아이 나이가 5살이었는데 아이는 그때까지 한 번도 크게 울며 노여워하거나 엄마인 나를 비난한 적이 없다. 그 작은 손으로 울고 있는 내 옆에 와 앉아 내 눈물을 닦아 주며 "엄마, 울지 마. 하루 얼굴 보세요. 엄마, 나 여기 있으니까 제발 그만 울고 저를 바라봐 주세요."라고 말해 주던 착한 내 아이.

손가락 하나 움직일 힘이 없어서 누워 있을 때면 자기 목에 두르고 있던 손수건을 빼서 물을 적셔 와 내 이마 위에 올려 주던 아이.

그런 착한 아이가 하루아침에 아빠가 없어지고, 엄마는 정신병자처럼 밤낮 울고만 있으니 아무것도 모를 5살이었던 어린 내 아이는 얼마나 정서가 불안했을까….

하루와 내가 가장 힘들었을 때는 하루가 아빠를 만나고 온 날이다. '차라리 아빠가 죽었더라면 하루가 이렇게 살아 있는 아빠를 그리워하는 것만큼 힘들어하지는 않았을까?' 하는 생각도 많이 해 봤다.

아빠를 만나는 날은 세상 행복한 모습이었지만 아빠와 헤어지고 집에 들어와서는 그날부터 몇 날 며칠을 아빠에 대한 그리움으로 우는 아이를 보는 엄마의 마음은 정말 가슴이 찢어진다는 표현으로는 부족할 만큼 깊은 괴로움을 느낀다.

내가 아무리 부족함 없이 죽을힘을 다해 이 아이를 키운다 해도 아빠에 대한 그리움은 어떻게 해서도 어디에서도 채워 줄 수 없다는 그 무력함에 참 많이 힘들었다.

남편은 한 달에 한두 번 아이를 만나 재미있게 놀아 주고 장난감이나 옷을 사서 들려 보내면 아빠로서의 몫을 다했다 생각하겠지만 그 뒤의 후폭풍은 모두 오롯이 엄마 몫이다. 그 어린아이가 누군가를 그리워하며 우는 모습을 봐야 하는 엄마…. 그리고 이별의 아픔을 알지 않아도 될 나이에 알게 된 이 아이가 감당해야 할 몫…. 그것은 참 잔인했고, 처절했다.

사실 진짜 죽을 만큼 아팠던 건 내가 아니고, 아이였다.

그 아이는 너무 아팠다.

눈이 슬퍼 보이는 사람은 어린 시절부터 슬픈 모습을 눈에 많이 담았기 때문일 텐데 그 때문인지 그 당시 하루의 눈은 어린아이 같지 않게 참 고독하고 슬퍼 보였다. 그러나 나는 그것을 헤아려 주지 못했다. 그래서 더 아플 수밖에 없었다.

자다가 갑자기 소리를 지르며 깨어서는 이내 밤을 하얗게 보내는 날이 하루이틀 이상 거듭되었고, TV를 보거나 책을 읽을 때도 눈 깜빡임부터 고개를 까딱하기, 코 찡긋하기, 팔목, 손가락들도 본인의 의지와는 상관없이 움직이는 모습을 보고 엄마만이 알 수 있는 직감이 왔다.

'아…. 우리 하루. 틱이구나!'

엄마에게 말하지 못했던 가슴속의 응어리들이 틱이라는 몸의 이상반응으로 찾아왔고, 이후 아이는 가만히 있다가도 갑자기 소리를 지르고 악을 쓰고 울기도 하는 등 도저히 이해할 수 없는 행동들을 보였고, 고민 끝에 찾아간 상담소에서 받은 진단은 소아 우울증이었다. 내 아이가 소아 우울증이라니 믿을 수가 없었다. 진단을 받고 내가 정말 힘이 들었던 건 내 아이가 이렇게 된 이유를 나는 너무 잘 알고 있기 때문에…. 나 때문이라는 것을 너무 잘 알고 있었기 때문에….

그래서 더 많이 괴롭고 더 많이 아팠다.

세상의 모든 엄마들은 내 자식을 잘 키우고 싶은 마음이 있다. 그중에서도 아이를 홀로 키우는 싱글맘들은 특히나 더욱 보란 듯이 잘 키워 내고 싶은 마음이 강하다.

나 역시 그랬다.

결혼생활에는 비록 실패했지만 자식은 참 잘 키웠다고 인정받고 싶었다. 적어도 힘들게 아이를 키운 뒤에 아이가 나에게 "도대체 엄마가 나한테 해 준 게 뭐 있냐."는 말은 듣고 싶지 않았다.

그때부터 아이는 내게 신앙이 되었다.

그래서 아이를 더욱 혹독하게 키웠다.

잘해 주고 풀어 줄 땐 한없이 자유를 허락했지만 내가 정해 놓은 규칙이나 무엇보다도 어른들이 보았을 때 예의가 없거나 잘못된 행동을 보일 때는 어떠한 타협도 허락하지 않고 혼을 내었다. 아주 단호하면서도 명료하게.

내가 아이를 훈육할 때 항상 마음에 새기며 가르치는 것은 '인성이 덜된 아이라면 내가 때려서라도 가르쳐야지 밖에 나가서 사람들에게 폐를 끼치고 부모에게 교육을 못 받아 인성이 덜됐다'는 말은 듣지 말자는 생각에서부터 비롯되었다.

[잠언 13:24 매를 아끼는 자는 그의 자식을 미워함이라 자식을 사랑하는 자는 근실히 징계하느니라]

[잠언 22:6 마땅히 행할 길을 아이에게 가르치라 그

리하면 늙어도 그것을 떠나지 아니하리라]

[잠언 22:15 아이의 마음에는 미련한 것이 얽혔으나 징계하는 채찍이 이를 멀리 쫓아내리라]

[잠언 23:13 아이를 훈계하지 아니치 말라 채찍으로 그를 때릴지라도 죽지 아니하리라]

[잠언 29:15 채찍과 꾸지람이 지혜를 주거늘 임의로 행하게 버려 둔 자식은 어미를 욕되게 하느니라]

[잠언 29:17 네 자식을 징계하라 그리하면 그가 너를 평안하게 하겠고 또 네 마음에 기쁨을 주리라]

[디모데전서 3:4 자기 집을 잘 다스려 자녀들로 모든 공손함으로 복종하게 하는 자라야 할지며]

성경에서 배운 대로 가르치니 하루는 어른들에게 깍듯하고, 내가 가르친 이상으로 예의가 바르다.

사람들은 내게 "어떻게 하면 하루처럼 아이를 예의 바르게 키우냐"고 물어오기도 하는데 나는 "혼을 낼 때에는 절대 아이와 절충이나 타협점을 찾지 말라"고 얘기한다. 아이와 타협을 시도하면서부터 아이는 이미 엄마 머리 꼭대기로 올라온다는 것을 일러 준다. 그래서 지금도 하루는 원하는 점이 있으면 본인 선에서 스스로 절충을 해 보고 그러고도 필요하다 생각하면 그때서야 부탁을 한다.

그렇게 했음에도 내가 "NO"를 이야기할 때가 있다. 그럼 아이는 바로 수긍을 하고 그것으로 두 번 다시 떼를 쓰지 않는다.

그래서 사실 나는 그냥 내 아이가 타고난 성향이 마냥 착한 아이로 태어난 줄만 알았다. 그러나 이 아이도 이 아픈 가정환경에서 버티며 이겨 내며 살아 내는 법을 스스로 터득한 것이었음을….

상담사는 상담치료를 권했지만 나는 상담보다 더 중요한 것은 내가 이 아이 옆에 있어 주는 게 더 중요하다 여겨서 그때부터 아이 눈앞에서 떠나지를 않고 내내 옆에 붙어 있었다.

그렇게 몇 달이 지나니 참 감사하게도 아이는 정서적으로 안정이 되어 가는 모습을 보였고, 그 모습으로 인해 나도 다시 힘을 내어 살아갈 수 있는 계기가 되기도 했다.

지금도 하루는 무엇인가 불안해지면 틱 반응이 나온다. 물론 엄마인 나만 알 수 있는 작은 신호이다. 그것들을 보며 다시금 나를 단련해 보기도 한다. '그때처럼 아이를 망가뜨리지 말자'라는 마음으로 다시 정신을 차려 본다.

부모님의 침묵

자식을 키워 보니 내 자식이 이혼을 했다면 그 마음이 어떨까 헤아려 보게 된다. 아마 하늘이 무너지는 기분이 들겠지….

그러나 우리 엄마는 내 앞에서 단 한 번도 울지 않으셨다. 특히나 이혼을 결정하고 나기까지는 더더욱 침착하셨다.

행복하게 잘 사는 줄 알았던 작은딸이 결혼생활 5년 만에 별안간 "이혼을 하면 어떻겠냐"고 묻는 것도 아닌 이혼을 결정한 뒤에 일종의 통보를 해 왔으니 부모님 입장에서는 얼마나 기가 막히셨을까…. 그러나 나는 내가 내린 결정은 뒤바뀔 수 없고, 뒤바뀌어서도 안 된다 생각했다.

아직까지도 엄마에게 그 이유를 물은 적이 없지만 미루어 짐작해 보자면 한 고집 하는 나의 성격을 잘 아시는 탓에 "엄마는 이혼을 잘 생각해 보라"는 말조차 내게 하지 못하셨던 것 같다. 그만큼 엄마는 어린 시절부터 그냥 나를 막연히 믿고, 내 의견을 따라 주셨다. 고등학교 때 갑자기 대학교를 안 가고 미용을 하겠다 했을 때도 20여 년 전에 수백만 원이 들어가는 미용학원에 보내 주셨고, 그러다 갑자기 마음이 변해 무엇을 하더라도 대학은 가야겠다고 생각해 형편없는 점수에 맞춰 대학교에 입학했을 때에도 엄마는 묵묵히 등록금과 학비를 내주셨다. 유독 갖고 싶은 것도 많고 하고 싶은 것도 많은 작은딸의 끝없는 요구를 시집가기 전까지 결핍 없이 모든 것을 다 들어주셨다.

수백만 원 피부과 시술에 쇼호스트 하겠다고 천만 원이 넘게 들어가는 아카데미 수강료에 백수 주제에 품위유지 해야 한다고 중형급 세단차를 끌고 다녔고 그때마다 그것을 감당해야 하는 것은 다 엄마의 몫이었다. 29살 시집가는 날까지 돈 한번 제대로 벌지 않고 결혼하는 딸에게 단 한 번도 "돈은 언제 벌거니?"라는 말조차도 상처가 될까봐 입 밖으로 내지 못하고 나를 믿어 주신 엄마인데…. 그런 엄마에게 나는 이혼녀 딱지를 가지고 다시 엄마 품으로 돌아왔다.

아…. 하루라는 5살 손자도 함께….

[갈라디아서 6:9 우리가 선을 행하되 낙심하지 말지니 포기하지 아니하면 때가 이르매 거두리라]

겁 없이 뛰어든 생활전선

결혼생활을 유지하는 것이 죽는 것보다 힘들다는 사람들도 이혼을 쉽게 하지 못한다. 그 이유는 자식에 대한 걱정 때문에…. 그리고 무엇보다 내가 경제적 능력이 없기 때문에….

잘나지도 않으면서 자존심만 강했던 나는 '불행한 결혼생활을 단지 돈 때문에 참고 산다는 것은 용납할 수 없다' 생각을 했고, '나는 내가 마음먹고 무엇이라도 하면 아이와 먹고사는 데에 큰 지장이 없을 거'라는 자신감도 있었다.

무엇보다 친정엄마가 옆에 있어 주셨기 때문에 아이를 안전하게 맡기고 일을 할 수 있는 여건이니 한 지인의 말대로 "믿는 구석이 있어 겁도 없이 이혼을 쉽게 해 버린 것" 같기도 하다.

이혼은 했지만 고맙게도 남편이 카드를 끊지 않아서 양육비조로 한 달에 150만 원 정도는 내가 사용할 수 있었다. 그러나 현금이 아닌 카드이고, 그 돈은 식비와 생필품 등 아이에게 필요한 것들을 조금만 사도 금방 써져 버리는 액수였고, 그 밖에 유치원비 30만 원, 아파트 관리비 30만 원, 대출 이자 50만 원, 통신비 10만 원, 건강보험 20만 원, 그 밖에 차량유지비 및 보험료 등 내 개인적으로 써야 하는 돈들을 합치면 그냥 숨만 쉬어도 나가는 현금 고정지출이 200만 원이 넘었다.

남편과 살 때는 적어도 돈 걱정은 안 하며 살았는데 싱글맘이 되고 나니 제일 먼저 나를 죄여 오는 건 경제적 문제였다. 그건 나조차 피할 수 없었던 어떤 숙명과도 같았다. 결혼하면서까지 친정집을 담보로 대출을 받아 신혼집에 보탰는데 이혼했다고 부모님께 손을 벌리는 건 죽기보다 싫었다.

그래서 나는 바로 일을 시작해야 했다.

내가 결혼 전에 했던 게 뭐였지….

내가 할 수 있는 게 뭐가 있을까….

나는 사회경험도 없고, 그나마 한 거라고는 지방방송에서 했던 방송이나 리포터가 전부인데….

순간 내 자신이 너무 한심했다. 그나마 결혼 전에 배우고 취득해 놓았던 헤어미용, 피부미용, 강사 자격증 등을 활용해서 내가 할 수 있는 일을 찾아보았지만 그때 내 나이 어느덧 33살….

지금 마흔인 내가 그때의 나를 생각하면 '뭐라도 할 수 있는 좋은 나이라 생각하는데 그때의 나는 왜 아무것도 하지 못했을까' 싶지만 그때 나는 참 애매한 나이였다.

무엇보다 결혼하고 아이 낳은 아줌마로 사느라 어떤 일에 대한 감도 남아 있지 않았었다.

그러나 나는 넋 놓고 기다릴 시간이 없었다. 닥치는 대로 뭐라도 할 수 있는 일을 찾아서 해야만 했다.

그때 마침 절묘한 타이밍으로 구원과도 같은 손길을 내미신 나의 친정아버지….

건강식품 영업을 20년 하시면서 나름의 탑자리에 계셨을 만큼 영업능력이 뛰어나신 친정아빠가 그 당시에 금융업에 종사하고 계셨고, 금융상품을 팔기 이전에 직장 내 성희롱이나 개인정보보호법 같은 국가법정의무교육 강의를 해야 하는데 그 임무를 내가 맡게 된 것이다.

그때부터 아빠와 2인 1조로 전국 방방곡곡을 누비며 강의를 시작하게 되었다.

40분 강의에 페이는 15만 원. 급여도 꽤 괜찮았다. 무엇보다 아빠와 함께 다니다 보니 운전을 하지 않아도 되었고, 덕분에 차량 유지비에 대한 부담도 없었다. 낯가림이 심해서 학창시절 새로운 학년에 올라갈 때가 되면 깊은 우울증이 올 정도로 새로운 사람을 만나는 것에 대한 공포가 있었던 내가 자식과 먹고살려고 사회로 나오니 이미 난 못 할 게 없는 겁 없는 아줌마가 되어 있었다. 그리고 더 솔직히 말하자면 나는 새로운 사람들과 만나며 내 강의에 감동을 받고, 대접을 받는 것에 큰 기쁨과 보람을 느끼는 그런 사람이었다는 것을 세상에 태어나 인생을 살기 시작한 지 33년 만에 비로소 알게 되었다. 거기서 그치지 않고 나는 더욱 큰 꿈을 가지고 '큰돈 한번 벌어 보자'는 마음으로 단 한 번도 접해 보지 않은 보험연금상품을 기업에 나가 판매를 하게 되었다.

쉽게 말해 나도 "보험아줌마"가 된 것이다.

법정의무교육을 할 수 있는 내가 강의도 하고, 그 덕분에 연금상품까지 팔 수 있는 자리까지 제공되니 이건 내게 절호의 찬스와도 같았다.

그때 내가 스스로에게 약속한 마음가짐은 돈만을 좇으며 단순히 상품을 팔아 급여를 받는 것으로 끝나는 것이 아닌 좋은 상품으로 알찬 정보를 주며 생활에 보탬이 되는 보험 도우미가 되자 싶었다. 그래서 나는 지금도 나를 거쳐 간 고객님들 한 분 한 분께 필요 이상으로 열과 성을 다해 최선을 다했다고 지금도 나는 자신한다.

흔히 만날 수 있는 보험회사 직원이 아닌 그 업계의 전문가.

그것은 내가 만들어 가는 것임을….

[마태복음 6:30-32 오늘 있다가 내일 아궁이에 던져지는 들풀도 하나님이 이렇게 입히시거든 하물며 너희일까보냐 믿음이 작은 자들아 그러므로 염려하여 이르기를 무엇을 먹을까 무엇을 마실까 무엇을 입을까 하지 말라 이는 다 이방인들이 구하는 것이라 너희 하늘 아버지께서 이 모든 것이 너희에게 있어야 할 줄을 아시느니라]

나를 살게 해 준 한마디!
"그러니까 네가 이혼을 당했지"

한날은 부산에 가기 위해 새벽 4시에 집에서 나가 휴게소에서 우동 하나로 끼니를 때우며 갔는데 회사 내부사정으로 취소되어 시간과 돈만 버리고 오던 날이 있었다.

어떤 날은 큰 대기업에 강의를 3박 4일 동안 맡게 되어 지방에서 숙식을 하며 아이를 몇 날이고 못 보는 날도 많았다.

일할 때는 정신없이 다니지만 칠흑 같은 밤이 찾아오면 가끔은 한창 예쁠 나이인 아이를 집에 두고 보러 가지도 못하는 현실에 어쩌다가 내가 이렇게 됐나 어이없이 웃었던 날도…. 눈이 쓰라리도록 베갯잇이 눈물에 폭 젖도록 울기도 했던 야속한 숱한 날들….

그러나 결국 그날들이 나를 더욱 강하게 만들게 해 주는 원동력이 되어 주었다.

'내가 여기서 쓰러지면 안 된다. 내가 일어서야 내 자식도 돈 걱정 없이 살 수 있다'라는 마음으로 마음을 다잡으며 그 시간을 버텨 왔다.

그렇게 시간 가는 줄 모르고 일에 빠져 살던 중 '남에게 피해 안 주고 내 일만 열심히 하면 된다.'라는 주의를 가진 내가 무슨 오지랖이었는지 지방에 사는 한 강사님이 친근하게 다가오셔서 나에게 "일을 배우고 싶다." 하였고, 그렇게 나는 우리 집 방 한 칸까지 내어 주며 서울에 와서 나와 함께 다니면서 일을 배울 수 있도록 배려해 주었다.

일을 하며 누구도 알려 주지 않는 영업 비밀들을 그리고 스스로 경험으로 터득한 나름대로의 노하우를 알려 주며 열심히 가르쳐 주었다 생각한다.

그렇게 몇 주가 지났을까….

별것도 아닌 작은 오해로 시작된 것이 골이 깊어져 급기야 갈등으로까지 가게 되었고, 옥신각신하며 언쟁을 벌이다 급기야 화를 주체 못 해 나에게 던진 그 사람의 한마디….

"네가 그러니까 이혼을 당했지!"

순간 눈앞이 깜깜해지며 세상이 정지된 것 같았다.

'내가 지금 무슨 소리를 들은 거지?'

'친척들에게도 알리지 않았던 내 이혼사실을 이 여자는 내가 이혼한 것을 어디서 듣고 알게 된 거지?'

이혼을 하고도 남의 시선이 무섭고 두려웠던 나는 가장 친한 지인 몇 명 외에는 그 사실을 친척들에게도 알리지 말아 달라고 부모님께 신신당부하며 부탁을 드렸었다.

그것이 내가 늘 웃어야만 했던 이유이기도 하다.

그렇게 나는 연기를 잘하며 살고 있다고 생각했는데 내가 이혼녀라는 것을 알고 있었다니….

거기서 끝나지 않고 그때부터 내 안에서는 말도 안 되는 자격지심과 피해의식 등 부정적인 마음이 나를 괴롭히기 시작했다. '그동안 내가 이혼녀라를 것을 알고 속으로 얼마나 무시했을까….'

'남편 있는 척을 한 적은 없지만 이혼 안 한 척 애쓰는 내 모습을 보며 얼마나 속으로 비웃었을까….' 그렇게 복잡한 생각들로 만감이 교차했지만 속으로만 되뇌일 뿐 온몸이 정지되어 뭐라고 반박을 할 수조차 없었다.

그러나 내가 정말 비참했던 건 그게 현실이었다.

내가 그 말을 듣고 무너졌던 것은 나는 이혼녀가 맞기 때문에….

그래서 슬펐다.

애써 피하려고 했던 숨어 다니던 나의 현실과 바로 마주 앉을 수 있게 된 시간.

그 시간과 만나지 않기 위해 나는 괜찮다고, 괜찮지 않은 나를 애써 달래며 피눈물을 삼키고 울분을 참으며 견뎠던 그 시간들…. 그 시간들이 모두 무장해제되어 피처럼 온몸으로 흘러내렸다.

그렇게 꼬박 1주일을 앓았다.

자려고 눈을 감을 때면 더욱 그 말이 큰 메아리로 돌아와 내 머리를 관통했고, 그럴 때면 나는 정신 나간 사람처럼 그 머리를 부여잡고 온몸을 비틀며 신음했다. 그러나 더 비참한 건 그렇게 힘든데도 내 옆엔 나를 위로해 줄 이가 단 한 명도 없었다는 것이다. 그렇게 나는 세상을 배우며 누구에게 기대지 않고 오롯이 혼자 삭히는 법을 알게 된다.

그런데 그 이후로 내가 신기하다 느꼈던 게 있다.

유리멘탈 같은 나를 더욱 강하게 해 준 것은 가족에게서 들은 어떤 위로의 말이 아닌 "그러니까 네가 이혼당했지"라는 내 인생에서 전혀 상관없는 한 여자의 입에서 나온 그 말이었다는 것을 알게 된 것이다.

지금도 귓가에 생생하게 들리는 그 말….

돌이켜 보니 그 말이 나를 살게 했고, 지금의 나를 있게 했구나.

[고린도후서 4:8-9 우리가 사방으로 우겨쌈을 당하여도 싸이지 아니하며 답답한 일을 당하여도 낙심하지 아니하며 박해를 받아도 버린 바 되지 아니하며 거꾸러뜨림을 당하여도 망하지 아니하고]

마음으로 지웠던 이름, 아빠

등잔 밑이 어둡다 했던가, 그 여자 강사에게 내가 이혼녀임을 알린 사람은 다름 아닌 친정아빠였다.

나의 도움을 받으러 온 사람이기는 했으나 심리적으로 딸의 상태가 위험하고 예민할 때라 걱정되신 아빠는 당분간 같이 지내게 될 그 여자 강사에게 잘 부탁한다는 의미로 누구에게도 들키고 싶지 않았던 내 깊은 상처를 꺼내신 거다.

그 사실을 알게 되었을 때 내가 제일 미웠던 사람은 나에게 상처를 주려고 안간힘을 쓰며 온갖 독설을 퍼붓던 그 여자 강사가 아닌 본의 아니었다는 말로 결국은 나를 제일 비참하고 초라하게 만든 바로 나의 아빠였다.

직업군인이셨던 아버지는 내가 어릴 때부터 지극히 가부장적이고, 보수적이고 무서운 사람이셨다. 밖에서는 한없이 좋은 호인이었지만 집 안에서는 휴대폰이 없던 시절 오후 7시가 넘은 시간에 친구에게서 집으로 전화가 걸려오면 저녁에 예의 없이 전화한다며 바꿔 주시지도 않고 전화를 끊으셨다. 딸만 둘을 키우시는 아빠였기에 걱정되고 염려되는 그 마음이 무엇이었는지 지금은 알 수 있지만 그때는 그런 아빠가 왜 그렇게 이해가 되지 않던지. 그 덕분에 내 친구들에게 나의 아빠는 무서운 존재였고, 학창시절에 남자친구를 사귀는 것은 감히 상상도 할 수 없는 일이었다.

중학교 1학년에 올라가며 사춘기가 빨리 찾아왔고, 제일 먼저 사춘기가 왔다는 티를 낸 건 엄마에 대한 반항이었다. 반항이라고 해 봤자 엄마 말에 말대꾸하는 게 전부였지만 그것조차 허용할 수 없던 엄격하신 아빠는 "한 번만 더 엄마에게 대들면 그때는 크게 혼내겠다"라고 말씀을 하셨지만 마음속에서 이미 반항심이 올라오는 중학생이 된 나는 그 말조차 듣기가 싫어서 엄마에게 다시 큰 소리를 냈다가 그 소리를 듣고 내 방으로 들어오신 아빠는 내게 어떤 것도 묻지 않으신 채 이제 막 입학한 터라 신학기 책과 교복도 새로 맞춘 것이었는데 책가방은 물론 교과서 참고서 심지어 교복까지 엄마와 내가 보는 앞에서 모두 가위로 잘라 버리셨다.

거기에서 끝나지 않고 매일매일 반성문을 10장씩 쓰게 하며 1주일 동안 학교조차 가지 못하게 하셨다. 인성이 안 된 사람은 학교 가서 공부할 자격도 없다는 게 아빠의 논리였다.

그런 속박되는 시간이 계속되자 어릴 때부터 꾸미기 좋아했던 나는 이중생활을 하기 시작했다.

집에서는 펑퍼짐한 교복치마를 입고 있다가 지하철역 사물함에 넣어 둔 타이트한 교복을 공중화장실에서 갈아입고 등교를 했고, 주말이면 긴바지를 입고 나와 사물함에 넣어 둔 짧은 치마와 힐을 신고 친구들과 놀다가 집에 들어갈 때는 다시 옷을 갈아입고 정갈한 모습으로 들어갔다.

그만큼 아빠는 언니와 내게는 참 무서운 아빠.

그리고 엄마에게는 평생을 바람피우고 속만 썩인 야속한 남편이었다.

그러나 아이러니했던 건 우리 가정은 나름 화목했다.

엄마 생신일 때면 사랑한다는 메시지가 담긴 카드와 선물을 주며 우리의 부러움을 사기에 충분했고, 고급식당에 예약을 해서 온 식구가 식사를 하는 시간도 많았고, 시골이나 바닷가, 낚시터 등을 데리고 다니시며 우리와 나름대로의 시간을 많이 보내 주시기도 했다.

무엇보다 엄마와 아빠는 언니와 내가 성인이 될 때까지 단 한 번도 소리 내어 우리 앞에서 다투신 적이 없다.

잠옷을 갈아입더라도 내 방에 와서 옷을 갈아입고 가실 만큼 엄마는 아빠와 부부로 살면서도 지킬 선을 엄격히 지켰으며 무엇보다 나의 엄마는 우리 앞에서 엄마의 그 고단했던 삶을 내비춰 보인 적이 단 한 번도 없으셨다.

그래서 나는 보이는 그대로 믿으며 우리 가정이 행복한 줄 알았고, 무엇보다 엄마는 세상에서 제일 많이 남편에게 사랑받는 사람이라고 생각했다.

그러나 현실은 속 빈 강정이었고, 내가 만든 허상이었으며 온통 상처로 가득한 감히 상상할 수도 없는 눈물의 세월이었다. 지금 생각해도 참을 인을 새기며 견뎌 왔을 우리 엄마는 참 대단하시고, 그런 삶을 짊어지고도 이혼하지 않고 그 인고의 세월을 견딘 엄마에게 고맙고 또 고맙다고 전하고 싶다.

[시편 46:1-3 하나님은 우리의 피난처시요 힘이시니 환난중에 만날 큰 도움이시라 그러므로 땅이 변하든지 산이 흔들려 바다 가운데에 빠지든지 바닷물이 솟아나고 뛰놀든지 그것이 넘침으로 산이 흔들릴지라도 우리는 두려워하지 아니하리로다]

처음으로 나의 엄마가 울고 있다

승승장구하며 잘나가던 가방공장 운영을 큰아빠에게 넘기시고, 그때부터 건강식품 영업현장으로 열심히 뛰어다니신 아빠.

영업활동을 하시느라 지방에 있는 탓에 1년에 절반 이상은 밖에 계시는 게 당연했고, 아빠가 없는 것에 대한 불편함이 없을 정도로 언니와 나 역시 평범한 일상을 살아가고 있었다.

그러던 어느 날이었다.

학교에 갔다가 집에 들어갔는데 아빠 없는 집은 내게 너무 익숙했지만 그날의 공기는 다른 때와는 뭔가 다르게 차가웠다. 집안 분위기는 적막했고, 뭔가 모를 불안함이 느껴졌다. 조용히 안방 문을 열어 보니 웬일인지 엄마가 울고 계셨다.

등을 돌리고 계셔서 들어오는 나를 발견하지 못하시고, 그 작은 어깨가 흔들리며 서러운 눈물을 쏟아 내고 있는 뒷모습이 보인다.

그때 나는 내 엄마가 우는 모습을 처음 본 것 같다. 그 모습을 보고는 어린 나이였지만 나도 직감이라는 게 있었나 보다.

'아 엄마, 아빠랑 무슨 일이 있으신 것 같다….'

그러고 보니 장롱 옆에 걸려 있던 아빠 옷들이 하나도 없이 어디론가 사라져 버리긴 했다.

엄마는 그날 저녁 언니와 나를 앉혀 놓고, 말씀하셨다.

"이제 엄마는 아빠랑 이혼을 할 거야."

딸들이라 그랬는지 우리는 차마 어떤 말을 묻지도 못하고, 함께 눈물만을 뚝뚝 흘렸던 기억이 난다.

"엄마랑 살 거야 아빠랑 살 거야?"

언니와 나는 한 치도 망설임 없이 엄마와 살 거라고 이야기를 했지만 내 마음은 울고 있었다. 아빠와 외모도 성격도 닮았기에 사실 나는 아빠가 참 좋았다.

우리에게 엄청 살가운 사람은 아니었지만 피는 물보다

진하다고 그냥 아빠가 좋았다. 그런데 그런 아빠와 헤어진다는 것이 그 어린 나에게는 참 감당하기 힘든 버거움이었다. 그날 밤 나는 앞으로 내 인생이 어떻게 펼쳐질지도 모른 채 우리를 버리고 떠난 야속함에 하얗게 아침을 맞도록 하염없이 울기만 했다.

어김없이 아침은 밝았다.

해가 뜨고, 태양이 인사를 했다.

공중전화가 흔하던 시절. 그 당시엔 전화 한 통에 20원이었다.

그러나 휴대폰에 걸어야 할 때는 지금의 국제전화처럼 전화비가 많이 나왔기 때문에 동전을 두둑이 준비했어야 했다.

저금통에서 동전 100원짜리를 한 움큼 쥐어 얼마인지 확인도 안 하고, 주머니에 찔러 넣고는 엄마 눈을 피해 밖으로 나와 공중전화에서 아빠에게 전화를 걸었다.

011, 270…….

평소 아무렇지 않게 누르던 그 번호를 누르는데 손가락

이 떨린다.

내 마음이 떨린다는 증거였겠지….

신호음이 가고, 잠시 뒤 아빠의 목소리가 들린다.

"여보세요."

"………………………."

"여보세요."

"………………………."

결국 나는 "아빠." 한번 불러 보지 못하고 전화를 끊었다.

하고 싶은 말이 많아서 동전을 한 움큼이나 쥐고 나간 건데…. 결국 아빠의 "여보세요." 한마디에 나의 모든 계획은 허무하게 끝나 버렸다.

그러나 다행히 아빠의 가출은 길지 않았다. 아빠가 돌아오신 모습을 보고 그때 전화로 내 속 얘기를 하지 않은 것이 차라리 다행이었을지도 모른다는 생각을 했다.

그렇게 몇 년이 흘러 내가 고등학교 1학년이 되었을 때 그 당시 나는 인천 계양구에 살았다. 일산과 동시에 인천에도 1기 신도시가 생길 때였다.

대부분이 신축아파트, 신축학교였지만 그 당시는 나라에서 도시개발을 하는 데에 혈안이 되어 아이들의 교육환경에 크게 예민하지 않았을 시대라 그랬는지 지역이 발전됨에 따라 고급유흥업소와 러브호텔들이 학교와 아파트 사이에서 즐비하였다. 실제 친한 단짝 친구의 집은 모텔을 운영하기도 할 정도로 그런 환경이 노출된 것이 낯설지 않은 분위기였고, 그렇다 보니 그곳은 자연스럽게 나의 놀이터가 되기도 했다.

어느 날인가 주말에 친구들과 어울려 다니며 모텔 골목을 지나가는데 지금처럼 방화문 같은 셔터문이 없었을 시대라 모텔 주차장 안에 서 있는 차들이 외부에서도 쉽게 볼 수 있을 때였다. 나름 조치를 한다고 한 것이 번호판 앞에 가림막을 세워 두는 것이었지만 그 와중에 내 눈은 어디선가 익숙한 차를 발견하게 됐다. 그것은 바로 나의 아빠 차였다. 자주 보고 자주 타던 나의 아빠 차를 내가 모를 리 없었다.

친구들 4, 5명 정도가 있었는데 나는 모텔 주차장에 세워진 아빠 차를 보고 그 자리에서 발이 얼어붙어 더 이상

한 발자국도 뗄 수가 없었다. 그렇다고 지금 내 사정을 친구들에게 이야기할 수는 없었다.

심장은 두근두근 뛰고 식은땀이 났지만 아무렇지 않은 척 나는 그 자리를 벗어날 수밖에 없었다. 하지만 이미 나는 못 볼 것을 봤기 때문에 친구들과 더 이상 즐거운 시간을 보낼 수도 없었다.

집에 돌아와 그동안의 일들이 파노라마처럼 흘러갔고, "아직 네가 어리니 엄마를 이해할 수 있을 때 모든 것을 이야기해 주겠다."고 말씀하시던 엄마의 그 말뜻이 무엇이었는지 그제야 비로소 알게 되었다.

'그랬던 거구나….'

'우리 아빠도 TV에서만 나오는 줄 알았던 바람이란 것을 피우고 계셨던 거구나.'

그렇게 나는 아무에게 말도 못 한 채 며칠을 혼자 꼬박 앓았다.

그런데 참 이상하다.

그런 광경을 목격하고 엄마가 너무 불쌍하다고 생각했지만 참 아이러니하게도 아빠에 대한 원망이 엄마에게 투

영되고 있었다. 그리고 그 분노와 상실감 등이 엄마에 대한 반항으로 빗나가기 시작했다.

신실하지는 않아도 나에게는 종교가 있었고, 나의 길잡이가 되어 주던 하나님이 계셨기에 이성교제도 하지 않고 나름대로 절제된 삶을 살려고 노력했던 나였지만 이제는 내가 왜 그래야 하는 건지 무엇을 위해 나를 지키며 살아야 하는 건지 갈 곳을 잃은 어린아이와 같은 마음으로 헤매고 있었다.

그때부터 '나를 지켜 줘야 마땅한 아빠가 우리를 지켜주지 않고 다른 곳을 바라보고 계시는데 버림받은 내가 내 자신을 왜 지켜야 하는 걸까' 하는 의구심에 그렇게 나도 스스로 나를 놓기 시작했다.

괴로움을 잊을 무언가가 필요했다. 그 좋아하는 친구들이 있어도 나는 외롭고 고독했다. 그때부터 나는 지독한 방황을 하기 시작했다.

이렇게 하면 괴로움이 잊혀질까…. 내가 이렇게 방황을 하면 아빠가 날 조금 더 바라봐 줄까….

'난 버림받았으니 아빠에 대한 복수를 하는 것은 내가 이렇게 방황을 하는 것'이라고 생각했는지도 모르겠다.

그때부터 나는 소위 어른들이 말씀하시는 비행 청소년들과 어울리기 시작했다. 그들과 어울리려면 나도 비행 청소년이 되어야만 했다.

하지만 그 아이들은 겉보기와는 달리 마음이 여리고 순수하지만 가정의 불화로 마음 둘 곳 없이 외로워하는 친구들이 상당수였다. 나와 닮은 그들에게 나는 마음을 모두 주었고 어쩌면 가족보다 더 친구들을 의지하며 동고동락을 했는지 모른다.

또한 나는 고등학교 때부터 키가 커서 눈에 띄었는지 이웃 학교 동급생이나 오빠들의 관심을 많이 받았다. 그냥 그 관심들을 위로 삼아 즐기며 나는 어두운 학창시절을 무심히 그리고 외로이 걸어갔던 것 같다.

내가 내 자신을 버리고 무책임하게 사는 것이 얼마나 큰 책임과 고통이 뒤따르는지 그때는 차마 알지 못한 채….

[잠언 16:22 명철한 자에게는 그 명철이 생명의 샘이 되거니와 미련한 자에게는 그 미련한 것이 징계가 되느니라]

35년간 나를 짓눌렀던 상처… 성추행

내 간을 빼줘도 아깝지 않을 친구에게조차 단 한 번도 꺼내지 않았던…. 아니 그 상처가 너무 깊고 아파서 차마 꺼낼 수도 없었던 어린 시절의 성추행 트라우마….

내가 태어날 무렵 아빠는 서울시 동작구 상도동에서 [로얄가방]이라는 가방공장을 운영하셨다. 그 공장 안에 사택이 있어 우리 가족은 그곳에서 살았다. 내 기억으로는 그 당시 시대 상황을 비춰 봤을 때 꽤 작지 않은 공장이었던 것으로 기억된다.

컴퓨터로 무언가를 작업하던 시대가 아니었기에 모든 것은 수작업으로 이루어졌다. 그래도 아버지께서는 남들과 다른 손재주로 글씨도 잘 쓰셨고, 그림도 잘 그리셨기에 손수 실크 인쇄판에 도안을 해서 가방 원단에 직접 인쇄까지 하시며 나름 실력을 인정받아 그 일대의 학원에는 아빠가 만든 학원 가방이 거의 납품이 되고 있었다. 그에 따라 나는 내가 다니는 피아노 학원 속셈학원 선생님들이 특별히 더 예뻐해 주셨던 기억이 있다.

가방을 만드는 건 공장 직원들이 하더라도 주문 납품 등은 직접 엄마 아빠가 다니셨기 때문에 너무 바쁘신 나머지 언니와 나를 돌볼 여력이 되지 않아 내 나이 4, 5세경에 전남 영광 할아버지 댁으로 잠시 혼자 내려가 지내게 되었다. 갑작스럽게 큰아버지 가족과 할머니 할아버지가 함께 모여 사는 가족에 나는 이방인처럼 끼어들게 되었지만 그 당시 시집살이 고되게 시키시던 할아버지조차도 때마다 용돈 넉넉히 드리는 작은며느리가 예쁘셨는지 엄마를 며느리들 중에 제일 예뻐하셨고, 그 당시 사회 분위기가 "남아선호사상"에 젖어 있을 시대여서 우리 할아버지 역시 아들 손주와 딸 손주를 크게 차별하셨음에도 딸 손주인 나를 유독 예뻐해 주신 덕분에 그 시절 기억으로는 항상 할아버지 무릎 위에서 나를 앉혀 놓으시고는 노래를 불러 주시던 기억이 난다.

또한 할머니는 맛있는 음식을 많이 만들어 주셨고, 그 당시 영광 시내에서 학원을 운영하시던 큰아빠 역시 내가 아빠로 여기고 따를 만큼 나를 사랑으로 키워 주셨다. 아침마다 출근을 하시며 근처 슈퍼에서 과자를 사 먹으라며 100원씩 꼭 챙겨 주고 나가시던 큰엄마의 모습도 선명하다.

그렇게 나는 큰 불편함 없이 그것에서 사랑을 받으며 유년시절을 보내고 있었다.

그날도 여느 날과 다름없는 평범한 날이었다.

우리 할아버지 집은 큰집이었고, 주변에 작은할아버지 가족들이 모여 살았다 보니 집에 손님들이 항상 많이 오셨었다. 그날 역시 그렇게 손님들을 맞은 채로 우리는 삼삼오오 방에 누워 잠을 자게 되었고, 나도 작은방에서 잠을 자게 되었다. 정확히 기억은 안 나지만 그 방에도 4, 5명이 누워 잠을 잤던 것 같다.

얼마나 잤을까…. 자꾸만 내 몸에 느껴지는 낯선 손길에 눈을 뜨게 되었는데 어둠 속에 흐릿하게 보이는 누군가가 내 몸을 만지고 있었다. 그리고 그 사람과 어렴풋이 눈이 마주쳤고, (그 당시는 방문이 창호지였기에 밖에 있는 빛이 방 안으로 가늘게나마 들어왔던 것 같다.) 전혀 놀라는 기색 없이 태연하게 손가락을 본인 입에 갖다 대며 "쉿!"이라는 제스처를 했고, 나는 그게 성추행인지도 모른 채로 그 사람이 시키는 대로 정말 숨소리조차 누구에게 들릴까 봐 숨을 죽인 채로 그렇게 끔찍한 밤을 보냈다. 그 이후로도 그런 일들이 몇 번 지속되었지만 그것을 누구에게도 알릴 수는 없었다. 범죄라는 것조차 자각을 못 할 어린 나이였지만 그 경험이 좋은 느낌은 아니었기에 내가 다른 사람에게 이야기하면 왠지 그 사람이 나 때문에 혼날 것 같다는 생각이 들었기 때문이다.

그렇게 내 인생 첫 비밀이 생겼다.

누구에게도 말할 수 없는…. 들키고 싶지 않은…. 하지만 혼자 감당하기엔 너무나 벅차고 숨이 막힐 것 같은 나만 알고 있는 나만의 슬픈 비밀….

생각해 보면 어린 시절 나는 밝은 사람이었지만 밝은 만큼 어두운 그림자도 짙었는데 그 어린 시절의 성추행의 상처가 나를 우울한 사람으로 자꾸 끌어내렸는지도 모르겠다.

그 기억들은 점차 나를 더 우울하게 만들었고, 결국 남자를 불신하며 의심하고 증오하게 되는 결과까지 초래했다.

그러다 어느 순간부터 나는 이 세상에 태어난 것부터가

잘못이라 여기며 살게 되었다. 마치 성경 속의 인물인 욥의 탄식처럼 말이다.

[욥기 3:1-11 그 후에 욥이 입을 열어 자기의 생일을 저주하니라 욥이 입을 열어 이르되 내가 난 날이 멸망하였더라면, 사내 아이를 배었다 하던 그 밤도 그러하였더라면, 그 날이 캄캄하였더라면, 하나님이 위에서 돌아보지 않으셨더라면, 빛도 그 날을 비추지 않았더라면, 어둠과 죽음의 그늘이 그 날을 자기의 것이라 주장하였더라면, 구름이 그 위에 덮였더라면, 흑암이 그 날을 덮었더라면, 그 밤이 캄캄한 어둠에 잡혔더라면, 해의 날 수와 달의 수에 들지 않았더라면, 그 밤에 자식을 배지 못하였더라면, 그 밤에 즐거운 소리가 나지 않았더라면, 날을 저주하는 자들 곧 리워야단을 격동시키기에 익숙한 자들이 그 밤을 저주하였더라면, 그 밤에 새벽 별들이 어두웠더라면, 그 밤이 광명을 바랄지라도 얻지 못하며 동틈을 보지 못하였더라면 좋았을 것을, 이는 내 모태의 문을 닫지 아니하여 내 눈으로 환난을 보게 하였음이로구나어찌하여 내가 태에서 죽어 나오지 아니하였던가 어찌하여 내 어머니가 해산할 때에 내가 숨지지 아니하였던가]

내 인생의 첫 자살 시도

지금은 어릴 때의 모습이 거의 남아 있지 않지만 어릴 때 나는 지금 내가 봐도 참 예뻤다. 엄마가 나를 데리고 외출을 하시면 그냥 지나치는 사람들이 없을 정도로 피부는 하얗고 40여 년 전에는 눈이 큰 아이가 많지 않았는데 나는 유독 눈이 크고 쌍꺼풀이 짙어서 미국 혼혈아 소리를 들을 정도로 참 예뻤다고 한다. 그러나 그때 나는 스스로 내 자신에 대한 자존감과 자신감 모두가 바닥이었다. 사람들이 나를 쳐다보는 눈빛과 나에게 내밀어 주는 호의적인 손길조차도 모두 소름이 끼칠 정도로 사람들이 싫었다. 정말 예뻐서 순수한 마음으로 바라보던 그 시선들조차도 뭔가 음흉한 속내가 있을 거라는 오해를 하며 마음을 닫고 살았다. 지금 12살인 조카를 보면 본인도 스스로가 예쁜지 알고 엄청난 자신감을 가지고 높은 자존감으로 살고 있는데 그 모습을 보면 어린 날의 "고우리"에게 참으로 미안하다. 충분히 그 예쁨을 누리고 즐기며 살았어야 했던 그 시절에 나는 사람들의 시선이 특히 남자들이 쳐다보는 그 시선이 불편해서 견딜 수가 없었다.

급기야 초등학교 3학년 때는 처음으로 자살을 생각했고, 그 마음을 내내 품어 오다가 초등학교 6학년이 되던 어느 날 드디어 바라고 바라던 자살 시도를 처음으로 하게 되었다.

먼저 계획을 세워야 했다. 무엇으로 어떻게 죽어야 고통 없이 죽을 수 있을까…. 그 와중에도 어떻게 죽어야 엄마의 충격이 덜하실까 하는 생각까지 했다. 많은 고민을 한 끝에 수면제를 먹고 자살하기로 마음을 먹었다.

지금은 신경정신과 등 병원에서만 처방받을 수 있는 수면제가 그 당시에는 약국에서도 일반적으로 약을 구매할 수 있었다. 그런데 6학년인 아이가 생각하기에도 도둑이 제 발 저리듯 내 우울하고 불안한 표정이 약사 선생님께 걸릴 것 같은 생각에 마치 엄마가 상비약 심부름을 시킨 것처럼 종이에 박카스, 펜잘 등 일반적인 약을 써놓고 맨 마지막에 수면제 10알을 쓰고 약사 선생님께 그대로 전달을 드렸다. 그렇게 5, 6군데에서 약을 지어 집에 돌아와 그동안 길지 않게 살아온 나름의 인생을 정리하며 눈물을 짓다가 약을 털어 넣었던 것 같다. 어른들이 이 글을 보면 13살 어린아이가 뭘 안다고 자살을 생각하고 자살 시도를 했는지 이해가 안 된다는 사람들이 있겠지만 그때의 나는 참 우울하고 힘든 나날들이었다. 지금 생각해 봐도 '다시 내가 같은 일을 겪는다 해도 같은 행동을 하지 않을까' 하는 생각이 든다.

사람이 살며 너무나 충격적인 상황을 겪으면 그 부분만 블랙아웃이 되는 경험을 하신 분들이 계실 텐데 나 역시 그때 처음으로 나는 내 기억이 삭제되는 경험을 했다. 약을 먹은 것까지는 기억이 나는데 그 이후 내가 어떻게 살아나게 되었는지는 기억이 도저히 나지 않는다. 그런데 미루어 짐작건대 내가 이렇게 지금까지 살아 있는 걸로 봐서는 그때 먹었던 약은 수면제가 아니라 비타민 같은 약이 아니었을까 하는 생각을 해 본다. 5, 6군데의 수면제가 다 다르게 생겼던 것도 그 당시에는 알아차리지 못할 정도로 13살 그 어린아이의 머릿속은 온통 세상을 등질 생각뿐이었나 보다. 그때 나는 내 옆에 누군가가 있는 것이 짐처럼 부담스러웠고 싫었지만 사실은 사람이 정말 그리웠고, 그 누군가의 따뜻한 위로가 필요했다. 그러나 그 엄청난 일을 혼자만의 비밀로 남겼던 나는 그 누구도 내 슬픔을 알아챌 리 없었다. 그때의 나로 다시 돌아갈 수 있다면 홀로 고통 한가운데에 서서 어디로 갈지를 몰라 방황하던 13살의 고우리를 토닥토닥하며 안아 주고 싶다.

"네 잘못이 아니라고⋯."

"너 때문에 그런 게 아니었다고⋯."

지금 느끼는 이 마음을 그때도 느꼈었더라면⋯⋯.

[스바냐 3:19-20 그 때에 내가 너를 괴롭게 하는 자를 다 벌하고 저는 자를 구원하며 쫓겨난 자를 모으며 온 세상에서 수욕 받는 자에게 칭찬과 명성을 얻게 하리라 내가 그 때에 너희를 이끌고 그 때에 너희를 이끌고 그 때에 너희를 모을지라 내가 너희 목전에서 너희의 사로잡힘을 돌이킬때에 너희에게 천한 만민 가운데서 명성과 칭찬을 얻게 하라라 여호와의 말이니라]

남자에 대한 불신

초등학교를 졸업하고 그 당시 소위 "뺑뺑이"로 중학교가 배정되었던 시절. 나는 버스를 타고 30분 정도를 가야 하는 중학교를 다니게 되었다.

그 학교는 남녀공학이었고, 공교롭게도 길 하나 건너 맞은편에도 남녀공학 중학교가 있는 곳이었다. 학교 가는 버스를 탈 때면 이웃 학교 중고등학생들까지 타다 보니 버스는 언제나 붐비는 학생들로 만원이었다.

그렇다 보니 비슷한 시간에 항상 버스를 타는 남학생들과도 자주 보게 되고, 그러는 사이에 남학생들의 쪽지나 편지도 꽤 받았던 기억이 있다. 그러나 나는 읽어 보지도 않고 그냥 쓰레기통에 갖다 버렸다.

중학생들의 순수한 고백이었을지도 모를 그 마음을 왜곡해서 '저 남자도 다른 생각이 있을 거야.' '저 남자도 그때 나를 범했던 그 사람과 별반 다르지 않겠지.'라는 생각으로 마음 문조차 열지 않았다.

먼지 하나 들어오지 못할 정도로 단단하게 철벽을 쳤던 나였지만 물 한 방울이 솜사탕을 녹여 내듯 내 마음속에 어느샌가 천천히 스미어 들어온 한 사람….

그 사람은 세상에서 흔히 말하는 "교회 오빠"였다.

내가 다니던 교회는 중고등부 전도사님께서 무척이나 열심히 우리에게 예배를 인도해 주신 결과 그때의 우리는 참 뜨거운 믿음을 가지게 됐다.

여름과 겨울이면 수련회를 가는데 우리는 매번 수원에 있는 흰돌산 기도원이라는 곳에 가게 되었고, 하루에 예배가 3번이 있는데 1번 예배가 총 3, 4시간으로 말씀만 2시간 이상, 1시간 이상씩 목이 쉬도록 기도를 뜨겁게 하는 곳이었고 한 번의 기도회가 끝나면 그 시간에 방언을 받은 아이들만 수십 명씩 자리에서 일어났다. 그렇게 우리는 그곳에서 다소 혹독한 신앙훈련을 받고 돌아오면 한동안은 가요도 안 듣고 찬양만 들으며 소위 "성령의 불"을 받아 당장이라도 모두가 선교사 목사님이 될 것만 같은 믿음을 탑재했다. 우리는 그 마음과 그 믿음으로 전도사님과 통기타 하나 들고 세상 밖으로 나가서 노방전도를 했고, 나 역시도 정말 열심히 전도를 했다. 남자들에게 잘 보일 생각이 없었기 때문에 남자들이 불편할 것도 없었다. 그때 꽤 많은 학생들이 교회로 전도가 되었는데 그중 한 오빠가 유독 눈에 들어왔다. 잘 노는 오빠인 줄로만 알았는데 알고 보니 학업에도 꽤 성실한 1살 위 오빠였다. 그런 반전 있는 모습이 좋았고, 무엇보다 뭔가 나처럼 상처하나 가슴 저 깊이 안고 사는 사람 같은 슬픈 눈빛이 있었다. 그래서 뭔가 모를 동질감에 더 끌렸던 듯하다.

그렇게 우리는 서로 알아 갈 시간 없이 친해지기도 전에 자연스레 사귀게 되었다. 그때 내 나이 중3….

이성교제라는 것을 처음으로 해 본 나는 모든 것이 서툴렀고, 그 오빠 역시도 생각했던 것보다 정말 순수했다. 우리는 서로의 마음을 담아 편지를 자주 주고받았고, 그러면서 내 마음도 깊어져 갔던 것 같다. 처음으로 손을 잡고 집으로 데려다주던 그 떨리는 발걸음이 아직도 생각난다.

그러나 우리는 거기까지였고, 그뿐이었다.

그것이 내가 이성에게 주는 최대치의 마음이었고, 그마저도 내 감정이 정점을 찍으니 나의 마음은 급속도로 식기 시작했다. 이유도 없었고, 왜 그런지 내 자신조차도 알지 못했다.

친구를 통해 계속 편지가 전해져 왔지만 제대로 읽지도 않았고 답장은 당연히 할 이유가 없었다.

교회에서도 마주칠까 싶어 이리저리 피해 다녔고, 그렇게 몇 달이 지나니 그 상처로 인해서였는지 그 오빠는 교회를 나오지 않았다. 나 때문에 교회를 나오지 않는 건 유감이었지만 그렇다고 다시 잡을 마음도 없었기 때문에 나의 첫 이성교제는 그렇게 싱겁게 끝이 났다.

그런데 그 오빠가 완전히 떠났다고 생각하니 갑자기 내 마음은 또 변덕을 부리기 시작했다. 그러나 그때는 그 사람이 너무나 차갑게 식어 있었다.

심지어 복수라도 하려는 듯 나와 가장 친했던 언니와 사귄다는 소식을 듣게 되었다. 그렇다고 그 마음을 멈출 수도 없었다.

그렇게 3년을 마음에서 지우지 못하고 혹독한 첫사랑 앓이를 했다. 그게 나의 부끄러운 첫사랑이다.

그리고 내가 먼저 버려 놓고 상대방에게 버림받았다고 생각하며 스스로 피해자 코스프레를 하고 있었던 나는 은연중에 남자에 대한 불신들이 깔려 있는 이상반응을 보이며 커가면서 점차 그게 나의 삶의 방식으로 굳혀져 가고 있었다.

시간이 흐르면 서서히 잊혀질 거라 생각했는데 누군가를 내 마음에 들이려 하면 그때마다 그 상처가 불쑥 튀어나와 내가 이 사람을 만날 자격이 있는지 내 과거를 알고도 이 사람의 마음이 변함없이 여전할지 스스로 의심하고 스스로 마음의 빗장을 닫아 버렸다. 그래 놓고는 결국 그 사람이 나를 버린 거라며 비련의 여주인공처럼 세상 슬피 울고 있었다.

그런 피해의식은 성인이 되어서도 변하지 않았다. 그 마음은 누군가가 나를 깊게 더 좋아해 줄수록 의심의 깊이도 깊어졌다.

그래서 내 사랑은 언제나 솜털처럼 가벼웠다.

깊어질 것 같으면 내가 먼저 차단해 버렸으니까….

그렇게 나는 평생 혼자 살 줄 알았다. 이런 성격을 가진 나는 누군가와 결혼을 해서도 안 된다 생각했으니까. 이런 내가 결혼이라는 것을 하게 된다면 그것은 기적이라고 생각했다.

그러던 어느 날 운명처럼 사람들과의 모임 자리에서 하루 아빠를 만나게 되었다. 웃는 모습이 어린아이처럼 해

맑은 모습에 꽁꽁 얼어붙어 차가웠던 내 마음에 그 사람이 어느샌가 들어오고 있음을 느꼈고, 사귀지는 않았지만 친한 오빠 동생으로 지내며 거의 매일을 집 앞 호프집에서 새벽 2, 3시까지 시간 가는 줄 모르고 살아온 이야기, 미래에 대한 이야기들을 하며 소울메이트처럼 내 마음을 너무 잘 알아주고 나 역시 그 사람이 어떤 생각을 하는지 알 수 있었다. 그렇게 만남을 거듭할수록 내 마음이 열렸고, 그 마음은 점차 사랑으로 변했던 것 같다. 그리고 놀라웠던 건 한 달만 만나도 사람이 너무 질려서 몸서리를 치던 내가 처음으로 사람이 질리지 않는 나를 발견했다. 만날수록 더 깊어졌고, 그렇게 나는 꿈에서조차 꿈꿔 보지 않았던 결혼이라는 것을 다른 사람도 아닌 바로 내가 하게 되었다. 처음엔 내가 사랑하는 사람과 같이 잠이 들고 눈을 뜨고, 엄마가 해 주는 밥 대신 서툴지만 밥이라는 것을 내가 누군가에게 해 주는 것이 마냥 신기하고, 재미있기도 했다. 그때는 내가 이혼녀가 될 거라는 건 상상도 하지 못한 채 사랑하는 사람과 평생을 함께할 수 있다는 결혼의 단꿈에 젖어 살았던 것 같다.

그러나 좋아하는 마음만으로 결혼생활을 이루어 나가기에는 역부족이었다.

난 부족한 것투성이었고, 그 당시 어린이 프로그램 MC로서 최전성기를 누리고 있었던 사람이라 남편의 부재에 많이 외롭기도 했다.

홀로 육아를 해야 했는데 밤만 되면 영아산통으로 이유 없이 2, 3시간씩 통곡을 하며 우는 아이를 안아 달래고 재우며 귀가 먹먹해져서 어지러움이 생길 때즈음 아이는 잠이 들었고, 잠든 아이를 조용히 침대에 뉘이고 아이가 깰세라 숨도 제대로 못 쉬고 아이 옆에서 쪽잠을 자던 숱한 날들…. 그러다 보니 산후 우울증도 점차 심해지게 되었고 결국 그 속풀이는 일하고 집에 들어온 남편에게 모두 쏟아 내게 되었다. 남편도 일을 하며 나름의 스트레스와 힘든 일들이 많았을 텐데 집에 들어와서까지 아내의 짜증과 우울이 뒤섞인 모습을 남편은 겪어 내며 얼마나 힘들었을지 지금은 미안함만이 남아 있다.

그러나 당시에는 그것을 돌아봐 줄 여유가 나에겐 없었다.

사람들 좋아하고 친구들 좋아하는 나였지만 아이를 키우며 털털했던 내 성격은 위생에 관해서는 결벽증과 같은 깔끔을 떨었고, 그 덕분에 우리 집에는 나의 가족과 아주 친한 사람들 외에는 발을 들일 수 없었다.

낯가림이 심한 탓에 부부동반 모임에는 언제나 나만 빠

졌고, 반면 사람을 좋아하는 남편 손에 이끌려 어쩌다 한 번 만나게 되더라도 불편한 티를 내며 같이 있던 사람들도 불편하게 하는 어느샌가 나는 남들이 흔히 말하는 예민하고 까칠한 사람으로 점차 변해 가고 있었다.

그렇게 나는 남편과 서서히 보이지 않는 거리가 생겼고, 처음에는 아이의 숙면을 위해서라는 핑계로 각방을 쓰게 되었는데 어느 순간부터 남편이 옆에서 자는 것조차 불편한 상황이 되었다.

야행성인 나와 아침에 일을 나가야 하는 남편과 생활 패턴도 맞지 않아서 우리는 그렇게 어쩔 수 없다는 합리화를 하며 점차 각방 생활에 익숙해져 갔다.

남편의 다정한 성격 탓에 사이는 나쁘지 않았지만 그렇다고 금술이 마냥 좋은 것도 아니었다. 그때부터 우리 부부는 어쩌면 여느 연예인 부부처럼 쇼윈도 부부의 길을 걷기 시작했는지 모르겠다. 그런데 사실 그보다 더 무서운 건 부부 사이의 작은 균열들이 생기고 있었음에도 우리는 사는 게 바쁘다는 이유로 자각하지 못했던 것이 더 큰 문제가 아니었을까 싶다. 그리고 나는 남편의 부재로 인한 공허함과 외로움을 인터넷쇼핑으로 달랬다.

아이가 어려 외출이 자유롭지 못하니 집에서 할 수 있는 건 쇼핑밖에 없었다.

그 물건이 필요해서 산 게 아니었다는 걸 아는 방법은 간단했다. 택배 박스를 뜯지도 않고 쌓아만 놓는 것들이 많아졌기 때문이다.

내가 무엇을 원하는지, 무엇이 갖고 싶은 건지도 모른 채로 그냥 무작정 결제할 때의 순간적인 짜릿함을 느끼며 주문을 했던 것이다. 그게 내 우울함과 스트레스를 해소하는 길이라고 생각하며 그렇게 아까운 세월을…. 그렇게 아까운 돈을 물처럼 소비했다.

카드값에 집 대출 이자에 얼마나 버거웠을까….

막상 내가 이혼을 하고 혼자서 그 씀씀이를 감당하려니 숨이 막힐 것 같았는데 그런 나를 5년 동안이나 데리고 살아 준 것이 감사하다는 생각까지 들 정도로 이혼을 하고 나서 내가 그 사람에게 받은 상처보다 좀 더 살뜰히 챙기고 잘해 주지 못한 미안함이 더 컸던 것 같다.

이혼을 결정하고 어느 날 하루 아빠가 홀로 자던 방을 청소하는데 침대 머리맡에 마시다 만 맥주병들이 보였는데 그 맥주병을 보며 참 많이 울었던 기억이 난다. 내가 아이를 챙기느라 집에 들어오건 나가건 온통 나에게는 아이가 우상이었고, 전부였던 나를 보며 남편은 얼마나 외로웠을까….

그러면서도 외롭다 말하지도 못했던 그 사람의 살아온 세월이 침대 위 널브러진 그 맥주병이 나에게 대신 전해 주는 것 같았다.

'평생을 바람피우셨던 우리 아버지도 외로움에서 시작된 거겠지' 싶은 마음에 '남자들도 참 고생하며 산다'라는 생각이 들며 나는 그렇게 천천히 남자를 이해하게 되는 어른이 되어 가고 있었다.

언젠가 나이 지긋하신 여자 어르신께서 "미운 남편에게 측은지심이 생기면 게임 끝이다."라고 내게 말씀을 해 주셨던 기억이 있는데 그때는 전혀 알 수 없었던 그 말이 살다 보니 알게 되고 이혼 후에 비로소 깨달아지는 것이 참 신기하다.

그렇다.

미웠던 남편이 원망스럽기만 했던 남편이 불쌍하고 측은해지고 안쓰러운 마음이 생기더니 어느 순간부터 내 친

오빠 같고, 내 아들 같다는 생각이 들면서 그렇게 그 사람을 여기니까 미워하고 분노하던 나쁜 마음들이 모두 눈 녹듯 사라졌다.

용서는 사람의 영역이 아닌 신의 영역이라 했던가….

그렇게 그 사람을 원망하지 않게 해 달라고 기도할 때는 기도할수록 더 미워지고, 나만 왜 참고 조용히 살아야 하는 건지 그럴수록 내 자신이 더 비참해졌는데 하나하나 내려놓는 연습(마음으로만 정하는 것이 아니라 정말 버리고 또 버리는 연습)을 하니 어느 순간 마음의 평안이 찾아온 나를 발견하게 됐다.

그랬다. 정말 세상사 모든 것은 마음먹기 나름이었다. 옛 어른들 말씀하신 게 하나 틀림이 없었다.

그러나 안타깝지만 내가 그 사람을 이해했을 때는 우리가 돌이킬 수 없는 깊은 강을 이미 건넌 뒤였다. 되돌릴 수도 되돌아갈 수도 없었다.

더 정확한 표현은 그럴 자신이 없었다.

어떻게든 이혼만은 하고 싶지 않았지만 그 사람의 눈동자에는 내가 더 이상 보이지 않았기 때문에…. 나는 그게 견디기 힘들 만큼 참 비참했다.

바닥끝까지 내려갔던 폭풍 같던 험난한 시간들….

이 고통의 끝은 있는 거냐고 반문하며 기도하던 그 야속했던 시간들조차도 무색해지리만큼 어느 순간 감정의 요동침이 잔잔해졌고, 미운 감정조차 사라지던 이혼하기까지의 힘겨운 과정들이 생각하며 나는 다시 초심을 꺼내본다.

'그래. 역시 나한테 남자는 상처를 주는 존재. 그것뿐이야.'

그렇게 나는 내 마음을 다시 자물쇠로 꽉꽉 잠궈 버렸다.

내게 드리워진 죽음의 그림자와 마주한 날

[요나 4:3 여호와여 원하건대 이제 내 생명을 거두어 가소서 사는 것보다 죽는 것이 내게 나음이니이다 하니]

모두가 동경하던 롤모델인 우리 부부는 하루아침에 남보다도 못한 남이 되었고, 세상에서 가장 가까웠던 우리 부부는 그렇게 남보다도 못한 사이가 되며 우리는 그렇게 이혼이라는 것을 했다.

내 인생에 이혼이라니….
결혼만큼은 꼭 성공하고 싶었는데….

아이에게 편부모라는…. 이혼 가정이라는 그늘은 죽어도 만들어 주고 싶지 않았는데 내 목숨 바쳐 지킨 내 아이에게 나는 큰 상처를 주었다는 것. 그리고 나 역시 이혼이라는 꼬리표로 인해 실패한 인생이 된 것만 같은 그 비참함과 죄책감에 어떤 날은 숨을 제대로 쉴 수조차 없었다. 멀쩡히 숨을 쉬며 밥을 먹는 것조차도 누군가에게 죄스러운 마음…. 그래서 나는 가족에게 기댈 수도 없었고, 친하다고 느꼈던 지인들 그 누구에게조차 이야기하지 못했다.

그렇게 나 혼자 간직해야 할 나만의 두 번째 비밀이 생겼다. 어디 가서 이야기하지 못하는 가슴에 큰 상처를 가릴 수도…. 그렇다고 가지고 갈 수도 없었다.

또한 그 상처의 부피가 너무 커서 곧 터져 버릴 것만 같은 위태로움을 느끼며 하루하루를 그야말로 버티며 연명하며 살고 있었다.

그때 내가 할 수 있는 유일한 것은 기도였다. 그래서 나는 밤이 되면 기도를 했다. 그러나 나의 기도는 살려달라는 기도나 힘을 주세요가 아닌.

"하나님. 내일은 눈을 뜨지 않게 해 주세요."

"하나님. 제 기도가 들리시거든 저를 그냥 하나님 곁으로 데리고 가 주세요."

그 기도조차 가느다란 신음처럼…. 간신히 삶을 이어나가는 죽음과 너무 가까워져 버린 한 여인의 몸부림에 가까운 소리 없는 외침이었다.

자존심 강하고 세상 내가 제일 잘났다고 잘난 척하며 살았던 내가 이혼녀가 됐다는 것이 스스로 인정하기 제일 힘들었을지 모른다. 그리고 그 사실이 세상에 알려지면서 내 새끼가 사람들의 조롱거리가 되고 뒷말의 주인공이 되는 것을 두 눈 뜨고는 지켜볼 자신도 버텨 낼 힘조차 없었다.

그때부터 나를 향해 다가오는 칠흑같이 어두운 죽음의 그림자.

'그래…. 죽자. 이 전쟁은…. 이 고통은…. 누구 하나가 죽어야 끝이 난다.'

편의점에 가서 마시지도 못하는 맥주를 샀다. 그리고 번개탄과 토치를 샀다. 집에 있는 양은냄비와 이동식 가스레인지도 챙겼다.

그리고 유서를 썼다.

내 지나온 세월을 돌아보며 글을 써 내려가는데 얼마나

눈물을 펑펑 쏟으며 울었던지 아직도 그때를 생각하면 눈시울이 붉어진다.

유서를 곱게 한 번 접어 차 안에 두고, 마지막 가는 길에 추억이라도 회상하려는 듯 차를 끌고 도착한 곳은 남편과 친정 식구들이 고기 구워 먹으러 가끔 찾아갔던 인천 계양구에 있는 아라뱃길 앞이었다.

유유히 흐르는 강물을 바라보며 못 마시는 술을 들이켰다.

한 잔…. 두 잔….

그렇게 정신이 조금씩 어지러워져 간다.

'이 정도 정신이면 죽는 데는 무리가 없겠구나' 싶어 차 안으로 들어갔다.

마지막으로 내 옆에서 끝까지 나를 지켜 준 친한 동생에게 작별인사의 메시지를 보냈다. 그리고…. 휴대폰을 껐다.

번개탄을 피우고 눈을 감았다.

술기운인지 연기 때문인지 정신이 조금씩 흐려지고 혼미해짐을 느꼈다. 그렇게 나는 죽음을 향해 홀로 외롭게 걸어가며 눈을 감았다.

시간이 얼마나 흘렀을까…. 눈을 힘겹게 뜨고 나니 낯선 냄새가 난다.

다시는 뜨지 않기를 바랐는데 눈을 떴을 때 나는 응급실 침대 위에 누워 있었다. 간호사들과 의사들이 나를 둘러싸며 나를 흔들어 깨우고 있었고 나는 그 소란함에 눈을 뜨게 된 것이다.

그때 나는 다시 한번 망연자실했다.

살았다는 안도감보다… 죽지 않았다는 억울함보다 나를 더 아프게 했던 건 중환자실로 이동하는데 간신히 뜬 실눈 사이로 내 아들 하루가 보호자 대기실에 영문도 모른 채 멍하니 앉아 있었던 것이다. 시간은 이미 새벽 3시가 넘어가고 있었다. 경찰 연락을 받고 엄마 언니까지 그곳에 와 있는데 그들에 대한 미안함을 느낄 새도 없이 그냥 내 이런 꼴을 가장 가까운 사람들에게 보였다는 것이 너무나 견디기 힘들었다.

가족들도 마지막을 준비하려고 하루까지 데리고 온 거였는지 아직도 나는 그때 이야기를 감히 꺼낼 수 없을 정도로 큰 미안함으로 남아 있지만 그때 당시는 중환자실에 들어가서도 간호사에게 큰 소리를 내며 "내 목숨 내가 알아서 하겠다. 당장 퇴원시켜 달라."고 악다구니를 쓰며 그야말로 진상을 부렸다.

그렇게 나는 모든 사람의 만류에도 불구하고 나중에 무슨 일이 일어나도 이의제기를 하지 않겠다는 서약서에 사인을 하고 그곳을 도망치다시피 나왔다.

병원을 나설 때 의료진은 나에게 심리치료를 권했으나 나는 귀에 들어오지도 않았다. 그렇게 집에 들어왔다.

그리고 나는 다시 혼자가 됐다.
아이와 둘이었지만 여전히 나는 혼자였다.

누군가의 손길과 위로가 간절했지만 그럴수록 더욱 나는 처절히 혼자를 자처했다. 내가 결정한 것인데 그 일에 대해 누군가에게 이야기를 하는 것 자체가 나의 나약함을 드러내는 것 같아서….
죽음을 택하기까지 나는 모든 것을 포기했다 생각했지만 실은 그 흔해 빠진 자존심 하나도 버리지 못하고 어느 하나도 잃고 싶지 않아서 손안에 다 담고 있었다. 그러나 그것들은 모두 모래알처럼 움켜쥐면 쥘수록 더욱 내 손안에서 흩어져 모두 흘러 빠져나갔다.

그깟 자존심이 뭐라고….

그때 내가 조금만 더 냉철했었더라면 그 아까운 세월을 소비하지 않았을 텐데…. 눈에 넣어도 아프지 않을 내 새끼를 그렇게 혼자 외롭게 내버려 두지 않았을 텐데….

아직도 그때를 생각하면 심장이 내려앉고 숨이 턱 하고 막히는 것 같다.

[시편 6:1-10 여호와여 주의 분노로 나를 책망하지 마시오며 주의 진노로 나를 징계하지 마옵소서 여호와여 내가 수척하였사오니 내게 은혜를 베푸소서 여호와여 나의 뼈가 떨리오니 나를 고치소서 나의 영혼도 매우 떨리나이다 여호와여 어느때까지니이까 여호와여 돌아와 나의 영혼을 건지시며 주의 사랑으로 나를 구원하소서 사망 중에서는 주를 기억하는 일이 없사오니 스올에서 주께 감사할 자 누구리이까 내가 탄식함으로 피곤하여 밤마다 눈물로 내 침상을 띄우며 내 요를 적시나이다 내 눈이 근심으로 말미암아 쇠하며 내 모든 대적으로 말미암아 어두워졌나이다 악을 행하는

너희는 다 나를 떠나라 여호와께서 내 울음 소리를 들으셨도다 여호와께서 내 간구를 들으셨음이여 여호와께서 내 기도를 받으시리로다 내 모든 원수들이 부끄러움을 당하고 심히 떪이여 갑자기 부끄러워 물러가리로다]

내 인생의 큰 배움,
이혼

이혼을 하며 바닥을 치지 않은 부부가 어디 있을까만은 멋진 이별, 아름다운 이별은 우리에게도 없었다. 다시 생각해도 끔찍할 정도로 우리는 정말 치열하게 싸웠다.

남편은 본인이 가진 것보다 더 많은 것을 가지고 싶어서. 나는 내가 가진 것만큼은 잃고 싶지 않아서…. 이혼이라는 숙제 앞에 우리는 그것을 어떻게 풀어 나가야 할지 둘 다 아무도 알지 못했다.

서로의 주장이 옳다고 육탄전까지 벌여가며 각자 상대방의 부모님까지 들먹이며 세상에 있는 독설들은 서로에게 무참히도 내뱉었던 것 같다.

그때 처음 알았다.

내가 이렇게 욕을 잘하는 사람이었구나….

남편에 대한 분노가 이렇게 극에 치달은 상태였다는 것을….

준비 없는 이별이었기 때문에 그 이별은 번개처럼 우리 가정에 들어왔고, 정신을 차릴 새도 없이 그렇게 순식간에 모든 것을 휩쓸고 지나갔다.

의견을 조율할 때는 그렇게 치열했는데 막상 이혼이라는 결정을 하고 나니 신기하리만큼 마음에 파도처럼 일던 요동들이 잠잠해졌다.

그래서 우리는 이혼을 하러 법원에 갈 때도 한 차로 같이 갔고, 같이 밥을 먹었고, 심지어 이혼하러 온 다른 부부들을 보며 "저 부부들은 어떤 이유들로 왔을까 나이를 보니 자녀들도 있을 텐데 아이들은 불쌍해서 어쩌나." 그 가정을 걱정하는 여유까지 생겼다.

정작 제일 불쌍하고 가여운 건 나와 내 자식이었는데….

자녀가 어리면 이혼서류를 접수하고 3개월의 숙려기간이라는 게 있다. 3개월의 유예기간을 두고 이혼을 다시 생각해 보라는 제도인데 나는 그 3개월 동안 그간의 짧다면 짧고 길다면 길었던 햇수로 5년간의 결혼생활을 냉정하게 정리해 볼 수 있는 시간이 되었다고 생각한다.

괴롭고 슬픔 한가득이었던 그때 그 시간들이지만 지금 생각해 보면 그 어느 한순간도 내게 값진 경험이 아닌 것이 없었던 것 같다.

돈으로도 살 수 없는…. 감히 상상조차 할 수 없는 끝나지 않을 것만 같던 그 시간들이었지만 그래도 다행인 건 처음엔 숨이 막혀서 어찌해야 할지 몰랐던 내가 그 상황에 적응하고, 어느 순간 한 번씩 웃고도 있는 내 모습을 발견하고 나서는 내가 많이 강해지고 있다는 것을 알게 되는 순간들도 왔다.

고통의 끝은 없었지만 그렇다고 처음처럼 당장 죽을 것 같지도 않았다. 그것만으로도 살 수 있을 것 같았다.

[요한계시록 21:4 모든 눈물을 그 눈에서 닦아 주시니 다시는 사망이 없고 애통하는 것이나 곡하는 것이나 아픈 것이 다시 있지 아니하리니 처음 것들이 다 지나갔음이러라]

흙투성이라도 살아 있으라

나를 지하동굴에서 꺼내 준 한마디.

"흙투성이라도 살아 있으라."

그 시절 매일매일 나는 죽음을 묵상했다. 죽고 싶어서 온통 머릿속엔 어떻게 하면 죽을 수 있을까….

누워서 천장을 바라보며 어디에 끈을 매달아야 성공적으로 죽을 수 있을까…. 창밖을 바라보며 이불을 뒤집어쓰고 떨어지면 떨어지는 게 무섭지 않을까…. 눈을 뜨고 있는 것 자체가 산송장과도 같던 그 끔찍했던 시간들….

그런 나를 어느 날 언니가 끌고 간 곳은 언니가 다니는 교회였다. 그곳은 내가 학창시절을 보냈던 교회이기도 하다.

"40일 부흥회가 열리는데 같이 참석을 해 보자." 해서 자의 반 타의 반으로 가서 예배당 앞자리에 앉았다. 그 당시 강사님으로 오신 이요셉 목사님께서 하신 설교는 내 뇌에 정통으로 꽂힐 만큼 강렬했다. 원래 그날 다른 목사님께서 오시기로 되어 있었는데 그분의 일정 변동으로 급히 연락을 받고 오셨다 하셨지만 그 목사님께서 그날 하신 말씀은 급히 준비한 설교에 지나는 것이 아닌 오래전부터 하나님께서 나에게 하시는 위로의 말씀처럼 느껴졌다.

"흙투성이라도 살아 있으라…."

그날 나는 많은 것을 느꼈다.

목숨이 두 개도 세 개도 아닌 하나뿐인 그 목숨을 나는 참으로 하찮게 여기며 하나님께서 내게 주신 이 아이를 세상에서 제일 사랑한다 했고, 이 아이를 위해서라면 심장이라도 꺼내 줄 수 있다고 말했지만 정작 나는 이 아이가 옆에서 자고 있는 그 순간에도 어떻게 죽어야 할까 하루 종일 죽음을 묵상하며 살았지 않은가.

누군가는 오늘 이 하루가 너무 소중한데 나는 어김없이 내게 주어진 그 하루가 너무나 버겁고 힘이 든다며 푸념했고, 한탄했고, 감정노동을 하며 누구에게는 그토록 바라는 삶을 저 멀리 버려 둔 채 금 같은 시간을 소비했다.

내가 마음을 바로 먹는다고 상황이 달라지는 건 전혀

없었다. 그런데 이상하게 모든 것은 마음먹기에 달려 있다는 생각이 나를 지배하기 시작했다.

그때부터 새벽기도를 다니며 살려 달라고 기도했다.

죽고 싶어서, 신이 계신다면 불쌍한 나를 데리고 가달라고 간절히 기도하던 내가 그때부터는 신이 계신다면 제발 나를 이 고통에서 꺼내 주시고, 나를 살려 달라고…. 나를 이 지옥 같은 고통의 시간 속에서 꺼내 달라고 통곡했다.

사실 나는 누구보다 살고 싶었는지 모른다.

사실 나는 누구보다 이 세상에 미련이 많았는지 모른다.

그리고 지금 나는…. 결국 살아 있다….

이 모든 것은 하나님의 돌보심이었고, 내가 겪은 고통들 또한 하나님께서 허락하신 연단이라 생각하며 모든 것은 단언컨대 나를 향해 계획하신 하나님의 은혜였다고 감히 고백할 수밖에 없다.

[시편 37:23-24 여호와께서 사람의 걸음을 정하시고 그의 길을 기뻐하시나니 그는 넘어지나 아주 엎드러지지 아니함은 여호와께서 그의 손으로 붙드심이로다]

눈에 넣어도 안 아픈 내 아가

내 둘째 아가 이야기로만 책 한 권을 써도 부족할 만큼 임신한 순간부터 5살이 된 지금까지 할 말이 참 많은 우리 둘째 아가, 라니.

'인간으로서 한 인간을 이렇게까지 사랑할 수 있는 거구나'라는 것을 나는 내 자녀들을 매일매일 내 손으로 키우며 느끼고 있다. 너무나 귀하고 말로 형용할 수 없는 벅찬 이 감정을 알게 해 준 나의 보석 같은 아이들.

하루는 나의 아픈 손가락이고, 라니는 나의 슬픈 손가락이다.

사람이 손을 쓰지 않고는 살 수 없듯 아프고 슬픈 이 아이들을 키울 때 가끔 난 그 감정을 겪으며 살아 내기가 버겁다 느낄 때가 있었다. 손가락처럼 이 아이들은 언제나 나에게 붙어 있었기 때문에.

그러나 나는 이 아이들을 생각하며 항상 이렇게 기도한다. "지금 이 아이들이 혹 겪을 수밖에 없는 고통과 슬픔 외로움이 있더라도 그것을 의연히 잘 이겨 내고, 또 단순히 그 상처가 상처로만 끝나는 것이 아니라 누군가에게 이 아이들이 살아온 삶이 들려졌을 때 위로가 되고, 힘이 되는 축복의 통로가 되게 해 달라"고…. "꼭 그런 아이들이 되게 해 달라고" 말이다.

눈에 넣어도 아프지 않을 라니는 올해 5살이다.

첫아이를 키워 봤지만 6년 만에 다시 시작된 육아는 모두 처음 같았고, 모든 것이 여전히 어렵고 서툴렀다. 그래서였을까…. 아이가 다른 아이들보다 유독 늦게 걷는 것도…. 말을 하지 못하는 것도 아이가 마냥 예쁘다는 이유로 큰 문제가 되지 않는다고 생각했다.

그러던 어느 날이었을까…. 36개월 정도가 되어서 독감주사를 맞으러 우연히 처음으로 간 소아과에서 라니에게 말을 걸어 보시고는 아무런 반응이 없는 걸 이상하게 여기신 원장님께서 조심스럽게 대학병원 재활의학과에 가 보라는 권유를 하셨고 그제서야 '뭔가 잘못되어 가고 있구나'라는 것을 직감했다.

아이들 언어지연 관련하여서 유명하다는 서울의 S병원. 그 당시 내가 살던 일산의 B병원 하남의 Y병원 등은 진료를 보려면 기본이 1년 이상 대기를 해야 했다.

그래서 일단은 가까운 곳에 있는 언어치료센터에가서 아이의 언어검사 및 발달검사를 했다. 그 당시 아이의 월령은 36개월이었으나 라니가 할 수 있는 말은 "엄마"밖에 없었다. 소근육, 대근육 모두 돌쟁이 수준이었고, 말을 못하니 지적능력은 측정할 수조차 없었다. 그날로 바로 언어치료, 놀이치료, 감각통합치료를 주 4회 이상 받기 시작했다. 회기당 치료비가 8만 원이라는 고가의 치료비가 들어갔고, 그렇게 한 달을 꼬박 치료하고 나면 치료비는 200만 원이 훌쩍 넘어갔다.

그러다 치료 도중 이사를 하게 되었고, 이사를 한 곳에서도 치료를 잘한다는 곳을 수소문하여 8개월여를 치료했지만 여전히 할 수 있는 말은 "엄마, 아빠" 그뿐이었다. 뭔가 잘못되어 가고 있음을 인지하고 비교적 예약이 빠른

대학병원에 예약을 하고 대기한 끝에 라니는 드디어 교수님을 만날 수 있었다. 그리고 검사도 진행을 했다.

그러나 결과는 참으로 처참했다.

그동안 3천여만 원 가까이 쏟아부은 돈과 시간이 무색할 정도로 아이는 요즘 말로 1도 발전이 된 것이 없었다. 오히려 퇴행을 하고 있는 것 같은 엄마만이 느낄 수 있는 그런 불길한 느낌까지 들었으니….

전체적으로 발달상태가 정상 아이들에 비해 2년 이상 지연이었고, 교수님께서는 지적장애가 의심이 되니 뇌검사인 MRI와 유전자검사들을 해 보자고 하셨다. 그리고 그 검사를 하려면 전신마취를 해야 하니 입원을 한 뒤에 검사가 진행된다 말씀하셨다.

눈물이 왈칵 쏟아지려는 걸 간신히 참아내고 대기실로 나와 넋이 나간 듯 입원 예약을 잡고 집으로 돌아오는 길에 이 불쌍한 아이를 어쩌면 좋겠나 싶어 정말 앞이 보이지 않을 정도로 혼자 엉엉 울었다.

더 억장이 무너졌던 건 공감 능력이 아직 없는 라니는 그런 나를 바라보며 해맑게 웃고 있다는 것이었다.

차라리 같이 울었다면 그렇게 슬프진 않았을 텐데 지금

이 어떤 상황인지 영문을 모르는 아이는 그 어느 때보다도 기분이 좋아 밝게 웃고 있었다.

웃고 있는 아이의 얼굴이 점점 흐려진다. 두 눈에 맺힌 눈물이 볼을 타고 하염없이 흐른다.

너무나 힘든 고난을 겪으며 지켜낸 나의 이 아이가 지적장애일 수 있다니….

자폐가 아닐까 걱정을 했던 내게 교수님께서는 자폐소견이 안 보인다 하셔서 나는 안도의 한숨을 쉬었는데 그것도 잠시…. 생각지도 못한 지적장애라니….

정말 상상도 못 한 단어라 가슴이 더 미어졌다.

그날 집에 와서 밤새 소리 죽여 울며 어떻게 이 상황을 대처해야 할지 고민을 했다. '아이를 위해서라면 뭐든지 다 할 수 있다.' 생각하며 그동안 마음을 다독이며 나름대로 강해졌다고 생각했는데 이번에는 도저히 자신이 없었다.

이 작은 아이를 차가운 침대 위에 눕혀 놓고 전신마취를 시켜서 검사를 시킬 자신이 없었다. 차라리 내가 100번이고 하고 싶은 그 마음….

엄마라면 모두 공감할 수 있을 것이다.

그런데 그때 나는 내 생각과는 전혀 다른 기도가 터져 나왔다.

"하나님. 이 아이가 지적장애라도 좋아요. 그냥 내 옆에만 있게 해 주세요."

나도 모르게 그런 기도를 되뇌고 있었다.

그랬다.
나는 이 아이만 내 옆에 있으면 됐다.
이대로 말 한마디 못하는 성인이 되어도 그냥 내 옆에만 있어 준다면 그걸로 나는 충분했다. 내가 처음 이 아이를 선택했을 때 기도했던 그 마음을 상기시켜 주시는 것 같았고, 그렇게 나는 내가 살아야 하는 이유가 분명해지고, 삶에 대한 욕심도 생기기 시작했다.

나는 다음 날 병원에 전화를 걸어 라니의 검사를 잠정적으로 연기하겠다고 했다. 그리고 그날 교수님께서 써 주신 장애진단서를 들고 주민센터에 가서 장애등급 신청을 했고, 그로부터 정확히 6주 뒤 라니는 사람들이 흔히 말하는 "장애인"이 되었다.

나와 같은 발달장애를 키우는 엄마들이 활동하는 인터넷 커뮤니티가 있다.

그곳에 있는 글들을 읽다 보면 아이가 장애판정을 받고 많이 울었다고 해서 나도 어느 정도 울 준비를 하고 있었는데 장애결정서를 받아들고 주민센터에서 나오는데 생각보다 슬프지 않았다. 이미 많은 눈물을 쏟아 냈기에 더 이상 울 눈물이 없는 줄만 알았는데 조금 지난 뒤에 생각해 보니 '하나님께서 그 고통 가운데에서도 나를 단단히 단련시키셨구나…. 그 고통의 순간순간에도 하나님은 나와 함께 하고 계셨구나.' 하는 생각을 하게 되었다.

장애아를 키우는 엄마의 마음은 온몸의 세포가 으스러지는 것 같은 슬픔이다. 그러나 그만큼 엄마들은 강해진다. 독해지는 것이 아니라 강해지는 것이다.

세상에서 이 아이를 보호해 줄 사람은 엄마, 단 하나의 사람이라는 것을 엄마들이 제일 잘 알기 때문이다.

엘리베이터를 탈 때마다 아이에게 누가 말시키는 게 제

일 무섭던 겁쟁이 엄마인 내가 이제는 어른이 타면 라니 대신 내가 아이 목소리로 "안녕하세요." 하고 인사를 건넨다. 그 인사를 받아 주시고는 라니를 바라보는 시선이 느껴지면 나는 이제 숨지 않고 말한다. "아이가 아직 말을 잘 못해요."라고….

이제 나는 부끄럽지 않다. 정말 부끄러운 사람은 나와 다르다고 이상한 시선으로 바라보는 그 사람이 정말 부끄럽다는 것을 알게 되었으니까….

이번 달이 벌써 언어치료를 처음 시작한 날로부터 21개월 정도가 흐른 날이다.

아직 우리 라니가 제대로 할 수 있는 말은 여전히 "엄마 아빠" 이 두 단어뿐이지만 엄마를 보고 엄마라 불러 주는 게 얼마나 감동적인 일이고 기적적인 일인지 평범한 아이를 키웠더라면 절대 알지 못했을 기쁨이 내 안에 살아 기뻐 춤을 춘다. 부모에게 자기 자식은 누구나 특별하다. 하지만 라니는 그 특별함 속에서도 더욱 빛이 나는 아이로 자랄 것을 나는 믿는다.

라니가 복중에 있을 때부터 하나님께서는 내게 "세상 끝날까지 내 자녀들을 지켜 주시겠다" 약속하셨으니까…. 그 언약을 나는 지금도 믿고 있다.

그 약속은 곧 내가 살아가는 힘을 가지게 되는 원동력이기도 하다.

비록 지금은 본인이 원하는 것을 엄마 손을 끌고 가서 손가락으로 가리키는 것이 이 아이가 할 수 있는 최대한의 자기 욕구 표현이지만 남들보다 조금 더 예쁜 눈, 코, 입이 있고, 엄마를 볼 수 있고 만질 수 있고, 향기로운 꽃향기를 함께 맡을 수 있다는 것이 얼마나 감사한 일인지 모른다.

눈이 있어도 바른 것을 보지 못하고, 말을 할 수 있는 입이 있어도 누군가에게 덕이 되는 말을 하는 것이 아닌 저주와 원망만을 쏟아 내는 입이 있다.

내 아이가 그렇게 자랄 거라면 그냥 이렇게 말 못하는 선한 아이로 자라게 해 달라고 기도한다. 진짜 봐야 하는 것을 우리는 못 보고 사는 것이 얼마나 많은가…. 사랑만 하기에도 부족한 이 세상에서 우리는 서로를 미워하고 원망하는 언어로 가장 가까운 사람에게 상처 주는 일을 아무렇지 않게 반복하며 사는 것이 평범한 삶을 살고 있지만 어쩌면 누군가에게는 인생 반을 팔아서라도 갖고 싶을 만큼 그토록 바라는 그 평범한 삶을 살고 있는 우리들이 그렇게 살고 있지 아니한가…. 그래서 나는 특별한 우리

라니가 더욱 특별한 아이로 느껴진다.

그리고 앞으로도 나는 하나님 안에서 그리고 믿음 안에서 이 아이를 평범하지만 특별하게 반드시 키워 내리라 다짐한다.

다음은 내가 어느 힘든 날 개인 블로그에 올렸던 글이다.

4살이 될 때까지 라니의 존재를 숨기며 키웠는데 사진과 함께 세상에 첫 공개를 하는 글….

참 많이 울면서 글을 썼던 기억이 있는데 그때 그 시간을 떠올리며 이 공간에도 담아 본다.

#세상의편견과맞서는첫날

사랑하는 내 딸 라니.

친한 지인들은 이렇게 예쁜 딸을 왜 숨기며 키우냐고 했지만 실은 누군가에게 보여 주기조차 너무 아까웠다.

그러다 어느 순간부터 시간이 갈수록 더욱 두려워졌다.

무발화

언어장애

발달장애

세상은 내 아이를 이렇게 표현한다.

하루가 요맘때는 상상도 못 했던 진단명들.

아이가 태어나면 누가 가르쳐주지 않아도 당연히 말을 하는 건 줄 알았던 그 당연했던 것들이 내 아이에게는 너무나 특별한 것이 되어 있었다.

밥 먹는 거…. 그냥 자는 모습만 봐도 눈물이 날 만큼 너무 예뻐서 30개월이 되도록 말 한마디 못 하는 것조차 전혀 문제가 되지 않았고, 심각성을 알지 못할 정도로 나는 무지한 엄마였다.

그때부터 1주일에 4회씩 언어치료 놀이치료를 받고, 1년 동안 병원만 5군데를 옮겨 다니며 내 아이의 정확한 병명과 그에 대한 치료를 받게 하려고 그간 검사비, 치료비로 쓴 돈만 3천만 원 가까이 된다.

그렇게 시간과 돈을 쏟아부었는데도 여전히 할 줄 아는 말은 엄마 아빠….

치료를 거듭할수록 나를 슬프게 하는 건 줄어 가는 통장잔고만이 아니다. 나를 정말 슬프게 하는 건 내 아이가 이 장애를 극복하고, 평범한 일반인이 될 수는 있을까 하는 불확실한 미래다.

3년을 언어치료하며 1억 원을 썼다는 나와 비슷한 아이를 키우는 엄마들의 이야기.

좋은 선생님 좋은 센터를 찾아 ABA치료라는 것에 한 달 900만 원을 치료비로 쓴다는 이야기를 들을 때마다 깊은 한숨만 나온다.

그마저도 대기가 길어서 아무나 들어갈 수 없다는 이야기에 이 긴 고난의 길이 끝은 있는 거냐고 하나님께 울며 기도하던 숱한 날들….

뼈가 녹아내리는 슬픔이라면 내 맘을 조금은 알 수 있을까….

6년 전쯤 친했던 쇼호스트 친구가 라니처럼 발달장애로 대학병원으로 치료를 다녔는데 그때 나는 그 친구에게 위로랍시고, "걱정하지 마. 잘될 거야."라는 지극히 형식적인 말을 많이 했었다. 지금 생각하면 그 영혼 없는 위로가 듣는 이에게는 얼마나 힘 빠지는 이야기였을지…. 그때는 정말 몰랐다.

누구나 그 상황을 겪어 보지 않으면 지레짐작만 할 뿐 절대 그 마음을 통감하지 못한다.

사람들은 내게 말한다.
얼마나 힘들겠냐고. 정말 대단하다고.
나 같으면 너처럼 못 할 거라고.

되묻고 싶다.
너라면 포기했을 거냐고….

자식을 포기하는 부모가 세상에 어디 있겠냐고….

난 다시 5년 전으로 돌아간다 해도 라니를 선택했을 거다. 그리고 앞으로 이보다 더한 상황이 온다 해도 난 이 아이를 포기할 수가 없다.

소리 내서 우는 것조차 마음대로 하지 못했던 나.

언제나 더 크게 더 밝게 웃어야 했고, 슬퍼하는 것조차 나에게는

사치였던 무심한 세월들….

그래도 나는 책임져야 할 것들이 있으니까.

그렇기에 그 힘든 시간을 온몸으로 싸우면서도 죽지 못했던 이유다.

하나님.

제가 라니보다 하루만 더 살게 해 주세요.

그게 언제가 됐든 하나님 부르시는 그날

라니 손잡고 하나님 앞으로 갈게요.

눈물 없는 그곳을 소망하며

주님 내게 맡겨 주신 내 아이들….

끝까지 사랑으로 키울 수 있게 하나님 내게….

버틸 수 있는 힘을 주세요.

라니야.

네가 말하지 않아도 알아.

네가 얼마나 살고 싶었을지.

얼마나 엄마에게 사랑을 표현하고 싶었을지.

말 못 하는 널 낳은 것을 단 한 번도 후회한 적 없어.

다시 태어나도 엄마는 꼭 라니 엄마가 되고 싶어.

세상에 많은 엄마들 가운데서 엄마를 선택해서

내게 와 준 너에게 진심으로 고마워.

꼭 끝까지 널 지켜 낼게.

우리 힘든 이 길이지만 반드시 꼭 완주하자.

너의 시간으로 이 세상 완주하는 그날까지 뒤에서 언제나 지켜

줄게.

[빌립보서 4:6-7 아무것도 염려하지 말고 다만 모든 일에 기도와 간구로, 너희 구할 것을 감사함으로 하나님께 아뢰라 그리하면 모든 지각에 뛰어난 하나님의 평강이 그리스도 예수 안에서 너희 마음과 생각을 지키시리라]

나의 피난처, 제주

잘난 건 없어도 자존심은 있어서 여태 누구한테 아쉬운 소리하며 돈 만 원 한번 빌려 본 적이 없던 내가 이혼이라는 것을 하게 되고, 시간이 흘러 남편과의 관계가 표면적으로는 어느 정도 회복된 듯 보였지만 사실 나는 어디로든 도망가고 싶었다. 도피처가 필요했고, 숨어 있을 피난처가 필요했다.

그때 나는 지금 내가 살고 있는 곳만 아니면 어디라도 괜찮을 것 같았다.

그러나 그런 중에도 뭔가 있어 보이고, 그럴싸한 도시. 누가 보아도 멋진 집에서 살고 싶었다. 그게 이혼으로 인한 내 망가진 자존심을 다시 회복시키는 유일한 길이라 생각했다. 그렇게 정해진 곳이 제주도였다.

나는 일방적으로 남편에게 제주도로 가겠다는 통보를 하고서 이곳을 떠나야겠다고 마음의 결정을 한 지 6개월 만에 집을 팔고 모든 것을 정리한 뒤 제주로 홀연히 떠났다. 그때 라니는 태어난 지 겨우 13일 된 신생아였다. 혹독하게 칼바람이 불던 18년 2월의 어느 겨울날…. 우리 세 식구는 그렇게 제주로 떠났다.

더 이상의 아픔은 지금 살고 있는 곳에 모두 버리고 이제 새로운 인생 2막의 삶을 살아 보자 하는 마음으로 나는 그렇게 아무 연고도 없는 제주로 정말 겁도 없이 떠났다.

첫 집은 3층 복층으로 된 타운하우스형 집이었다. 창문 저 멀리 바다가 보이고, 한가롭다 못해 한적하기까지 한 제주 애월.

그런데 준공하고 나서 우리가 첫 입주였음에도 이사한 지 5개월도 안 되어 비가 폭우로 쏟아지던 어느 날 온 집 안에 물이 들어차서 우리는 집 안 곳곳에 세숫대야를 받쳐 놓고, 젖은 바닥을 걸레로 계속 짜 가며 평생 겪어 보지 않은 물난리를 겪어야만 했다. 우리의 제주 드림은 그렇게 조금씩 일그러져 갔다.

급히 이사 갈 곳을 찾아야 했기에 생후 6개월밖에 안 된 아이를 업고 다니며 손품 발품을 팔았다.

남편 없이 친정엄마와 핏덩이 아이를 데리고 다니며 마음에 드는 집을 알아보기란 여간 보통 일이 아니었다. 거기에 현재 살고 있는 집 주인과의 마찰도 나를 너무 힘들게 했다. 나는 무리 없이 전세보증금을 받아 나가야 했고, 집 주인은 하자보수도 없이 새로운 임차인을 받을 수가 없었기에 전세보증금을 고스란히 본인이 만들어야 하는 상황이었다 보니 전세보증금을 빼줄 수 없다는 강경한 입장을 보였다. 그렇게 마음고생을 하다가 극적으로 협의가 되어 집을 나갈 수가 있게 되었다, 그러다 급하게 알아보고 이사하게 된 나의 두 번째 집.

보증금 3000만 원에 연세 2400만 원이었던 집.

제주의 렌트 방식은 거의 전세 아니면 1년 치 월세를 한 번에 내는 연세다. 월세로 따지면 한 달에 200만 원 꼴인데 그 월세를 1년 치로 한 번에 내는 것이 제주의 렌트 방식이다. 이번에는 전원주택형 단독타운하우스였다.

누구나 꿈에 그리는 넓은 테라스와 아이들이 실컷 뛰놀 수 있는 마당이 있는 집. 하지만 그 비싼 돈을 내가며 제주라이프를 즐겨야 했음에도 마음의 여유가 없었던 탓에 집마다 제공되는 거실 크기만 한 2층 테라스와 1층 마당

의자에 앉아 커피 한 잔을 즐길 여유조차 내겐 없었다.

그래도 다행히 언니네 식구와 같이 제주를 입도하게 되어서 거리는 조금 떨어진 곳에 살았지만 마음으로 의지가 많이 되었고, 무엇보다 헌신적인 친정엄마의 도움으로 나는 오히려 남편이 옆에 있었던 첫째 아이 때 혹독하게 겪은 산후우울증을 겪지 않고 둘째 때는 무사히 잘 넘기게 되었다.

그것만으로도 얼마나 감사한 일인지….

어느샌가 내 인생은 좋은 일이 생기지 않아도 안 좋은 일만 일어나지 않으면 그것은 행운이라 여길 만큼 어두움 한가운데에 홀로 서 있게 되는 인생에 익숙해지며 그렇게 살고 있었다.

멈추지 않는 4번의 연속 사기

계속되는 악재의 끝은 있을까….

제주 생활은 여유로운 반면 지루했다. 저녁 7, 8시만 되면 동네의 모든 불은 꺼진다. 편의점에만 가려 해도 10분 이상 차를 타고 나가야 했으며 그 흔한 떡볶이를 사 먹고 싶어도 왕복 40분이었고, 아이가 치킨을 먹고 싶다는 날도 배달이 되지 않아 일일이 배달음식을 사서 매장으로 직접 픽업 다녀야 할 만큼 나의 제주 생활은 그야말로 창살 없는 감옥에 갇힌 기분이었다.

심지어 우리가 24시간 편의점이라고 알고 있던 그곳들도 내가 사는 동네는 밤이 되면 문을 닫았다.

그렇게 몇 개월이 지났을 무렵 아이들을 모두 재우고 유일한 나의 휴식시간인 새벽즈음에 인터넷으로 부동산 카페를 보다가 투자자 카테고리에서 키즈카페 투자자를 모집한다는 글을 보게 되었다. 글을 올린 사람은 나와 비슷한 또래에 아이 둘을 키우는 엄마인데 경기도 오산에서 키즈카페를 오픈하려고 부동산에서 보증금 5천에 월세 300만 원인 임대차계약서까지 다 써 놓았는데 인테리어 비용이 부족해서 4천만 원을 3개월만 쓴다는 조건이었다. 월 이율도 은행예금과는 비교할 수 없을 정도로 꽤 괜찮았다.

처음엔 의구심 가득한 마음으로 통화를 했지만 생각했던 것 이상으로 그 여자는 친절했고, 대화도 잘 통했다. 무엇보다 그냥 흔히 만날 수 있는 비슷한 또래를 키우고 있는 아이 친구 엄마 같은 느낌이 들었기에 일단 투자에 필요한 모든 서류를 가지고 만남부터 갖기로 했다. 투자를 받아야 하는 입장이니 그 여자는 흔쾌히 제주로 내려왔고, 법원 앞 공증사무실 근처 커피숍에서 만나서 가게 계약서와 담보로 설정할 전세계약서 가족관계 증명서 등, 초본 등 내가 그 사람에 대해 확인할 수 있는 건 다 확인을 했다 생각했다. 서류가 완벽했으니 의심할 것도 없었다.

그리고 어린아이들을 키우며 재테크하기에 이만큼 완벽한 투자는 없을 거라고 생각했다. 그렇게 나는 공증사무실에 가서 변호사 공증을 받은 뒤에 4천만 원을 그 자리에서 입금했다. 친절하게 공항까지 데려다주며 "이 돈으로 인테리어 예쁘게 꾸며서 꼭 성공하시라"고 덕담까지 해 주며 그 사람을 보냈다.

그렇게 한 달이 흘러 드디어 첫 번째 이자 입금 날이 됐다.

그런데 당일 저녁이 되도록 아무 연락이 없어 문자와 전화를 했지만 받지 않았고, 시간이 한참 흐른 새벽에서야 연락이 와서는 가까운 친지의 장례식장에 와 있다는 핑계를 대기 시작했다. 사실 그때도 뭔가 불안한 마음이 들었긴 했지만 사기를 당했다는 생각보다는 '뭔가 좀 차질이 생기고 있나 보다'라는 생각과 무엇보다 '이미 엎질러진 물이니 이러나저러나 서로 기분 상하지 않게 잘 타이르는 것이 방법'이라 생각했다. 그렇게 애걸복걸을 하고 나니 그로부터 이틀 정도 있다가 드디어 기다리던 이자가 들어왔다. 그때 얼마나 안도의 한숨을 쉬었던지….

그렇게 며칠이 지났는데 이상하리만큼 계속 마음이 불안하고 뭔가 모르게 초조했다. 그래서 나는 몇 번을 고민한 끝에 "진행은 잘되어 가고 있는지 궁금하니 인테리어가 되어 가고 있는 사진 좀 보내 달라." 했지만 그때마다 연락이 두절되며 시간을 끌어 보내 주지 않았고, "그것이 정 힘들면 사업자 등록증을 보내 달라."고 하니 그때는 또 사진을 찍어서 보내 주었기에 '그래도 사업장이 있는 건 정말 맞는가 보다.' 생각했다.

그렇게 불편한 마음으로 석 달이 흘러 기다리고 기다리던 변제일이 왔다. 그러나 변제일과 동시에 결국 그 여자는 잠적을 했다.

며칠 동안 계속하여 연락을 취해 봤지만 통화가 되지 않아 너무나 불안한 마음으로 제주에서 올라가 계약서에 써 있는 사업장으로 찾아갔지만 그 상가는 몇 년째 분양이 안 되고 있는 텅 빈 공실이었다. 도저히 믿을 수가 없어서 그 자리에서 호실을 몇 번이나 확인했는지 모르겠다. 안절부절 몸을 가눌 수조차 없어서 간신히 힘을 내어 계약서상에 있는 임대인에게 전화를 걸었지만 역시나 받지 않았다. 그러다 하루 아빠가 1층에 있는 부동산에 가서 임대차계약서를 보여 주며 이런 계약이 이루어진 적이 있나 물어보니 이곳은 몇 년째 비워져 있는 상가라고 말씀하셨단다.

그 자리에서 나는 정말이지 다리의 모든 힘이 풀려 털썩 주저앉았다. 너무 황당하고 어이가 없어서 눈물조차 나오지 않았다.

그러나 그렇게 가만히 있을 수만은 없어서 그길로 그 여자 집으로 찾아갔다. 그러나 벨을 수차례 눌러도 안에 기척은 있지만 나오지는 않았다. 소란을 피우면 이웃집 창피해서라도 나올까 싶어 문을 두드리기 시작했다.

역시나 예상한 대로 앞집이 문밖으로 나왔다. 그런데 그 이웃집의 말이 더 기가 막혔다.

무슨 일로 찾아왔는지 알겠다는 눈빛으로 "이 집에 채권자들이 많이 찾아오고, 자주 소란을 피우는데 아이들과 사는 게 맞나 싶을 정도로 집이 조용하고 집에도 잘 들어오지 않는다"는 이야기였다. 그러면서 "백날 이곳에 있어봤자 못 만나니 경찰에 신고를 하는 게 마음이 편할 거"라는 이야기를 하신다.

나는 그제서야 어느 정도 상황 파악을 하게 되어 "죄송하다"며 사과를 한 뒤 이번에는 전세계약서에 있는 집 주인에게 전화를 했다. 전화를 받은 집주인의 말은 더 가관이었다. 나 같은 채권자의 전화가 이미 수십 통이 걸려왔고, 그 집에 질권설정도 걸려 있어서 수십 통의 압류통지서를 본인이 받았다고 한다.

그때 나는 내가 사기를 당했다는 것을 확실히 알게 되었다. 내 두 눈으로 그 모든 것을 확인하고 난 뒤 그제서야 사기라는 것을 알게 되다니….

이렇게 한심하게 세상을 몰라도 이렇게 모를 수가 있는 건가…. 내 자신을 탓해 봐도 모든 것은 이미 되돌릴 수 없는 엎질러진 물이었다.

그렇게 한동안 멍하니 주저앉아 있다가 그 여자에게 문자를 보냈다. 그때부터 내 눈에는 아무것도 보이지 않았다.

열쇠수리공을 모셔와 문을 강제로 뜯고 싶은 마음을 억누르며 "지금 나에게 전화하지 않으면 119에 전화해 집 안에 아이들이 감금되어 있다는 신고를 하고 현관문을 뜯고 들어갈 거다."라고 초강수를 띄웠다.

그랬더니 신기하게 바로 연락이 온다. "집 앞 커피숍에 있으면 1시간 뒤에 오겠다."고 한다.

자신은 지금 집도 아니고 외부에 나와 있으니 거기까지 가는 데 한 시간이 걸린다고 하기에 여기까지 왔는데 못 기다릴 이유가 뭐 있겠나 싶어 기다리겠다고 했다. 하루 아빠는 그 여자 말을 믿냐며 분명히 집에 아이들과 있을 거라고 하여 그 여자 층수 비상구에 잠복해 있었고, 나는 그가 말한 커피숍에서 기약 없는 기다림을 시작했다.

그렇게 10분이나 지났을까 하루 아빠에게 전화가 왔다.

집 안에서 아이 둘과 조용히 도둑처럼 나와 엘리베이터

를 타려는 걸 현장에서 잡은 거다. 남편이 아니었으면 또 놓쳤을 그 여자를 본의 아니게 그 아이들까지 함께 만나게 되었다. 그때 나 역시 첫째 아이도 데리고 가서 그 아이들과 아들은 놀이터에 가서 놀라고 했고, (그 당시 시간은 밤 9시가 넘었었다. 그 시간에 사기꾼 자식들과 내 아들이 함께 놀게 될 줄을 누가 상상이나 했을까….) 나와 남편, 그리고 그 여자와 셋이서 커피숍에 앉아 이야기를 하게 되었다.

그 여자 입에서 나온 사기의 진실은 가히 충격적이었다. 건실하게 미용실을 운영하던 남편이 어느 날 도박에 손을 댔고, 모든 돈을 잃고 블랙리스트에 올라 카지노장에 못 가는 일이 생기자 돈을 만들어 인터넷으로까지 도박을 하게 됐고, 그 거듭되는 손실로 수억 원의 빚을 지게 되었다고 한다.

그러다 보니 미용실 가게 임차료와 직원들 월급이 밀리기 시작했고, 그 빚을 갚으려다 보니 사기를 칠 수밖에 없었다며 담담하게 말하던 그 여자.

참 나도 한심한 것이 그 말을 또 믿으며 '남편 잘못 만나 아내까지 사기에 가담을 하게 되고, 무엇보다 저 아이들은 불쌍해서 어쩌나.' 하는 남 걱정으로 눈물을 흘리고 있는 정신 나간 나를 발견했다.

(그 모습을 본 그는 이런 내가 한심해서 속으로는 비웃었을지 모를 일이다.)

사건의 모든 발단은 남편이었으니 남편도 이 자리로 오라고 했지만 남편은 멀리 있어서 올 수가 없다고 했다. 그런데 어느 순간 하루 아빠는 어디서 또 그 남편을 찾아와서 내 앞으로 데리고 왔다. (하루 아빠, 너 탐정인 거니?)

너무나 뻔뻔하게 나를 바라보던 그날의 그 여자 남편 눈빛을 나는 지금도 잊을 수가 없다. “어디 계시다 왔냐”는 물음에 지금 이 상황이 어떤 상황인지 충분히 인지했을 텐데도 태연하게 “여기가 내 집이니 내가 있는 게 당연한 거 아니냐”고 묻는 그 사람을 보며 사기꾼들은 뇌구조부터가 다르다는 말이 무슨 말인지 알게 되는 순간이었다.

그 후로 1, 2시간을 넷이서 얘기를 나눴지만 끝이 보이지 않았다. 그렇게 우리는 별 소득 없이 집으로 돌아와야만 했다.

그리고 며칠 뒤 오산경찰서에 그 부부를 사기로 고소하려고 가니 남편 이름만 댔을 뿐인데 이미 이 부부는 여러 사기 건으로 지금 수사 진행 중이라고 한다.

이미 많은 사기전력이 있는 그들…. 더 소름이 끼치는 건 그렇게 사건이 접수되어 조사를 받는 중에도 끊임없이 본인의 도박자금을 만들기 위해 사람들의 재산을 빼앗아 가고 피눈물을 흘리게 했다는 거다.

법은 정말 허술하다. 그리고 피해자를 두 번 울린다.

내 돈을 편취해 간 사기꾼 집에 찾아가 문을 두드리는 행위 자체가 불법추심이란다. 낮에 전화를 받지 않아 밤에 전화를 하면 그 역시도 불법이다.

심지어 연락이 안 되어 찾아가니 경찰에 신고까지 했던 그 대단한 여자….

그렇게 영혼을 갉아먹던 그 사기꾼 부부는 결국 각각 징역 3년, 2년 실형을 판결받았다. 남편은 아직도 수감 중이고, 직접적으로 내 돈을 편취해 간 그 여자는 출소를 했지만 여전히 연락두절, 그리고 10원 한 장조차 변제를 하지 않고 있는 중이다.

지금은 내 사건으로 재판이 진행 중인데 재판부에만 반성문을 제출하고, 나에게는 진심 어린 용서조차 빌지 않는다. 진짜 미안해해야 하고 반성을 해야 하는 사람이 누군지도 모르는 잔인한 사람들….

그런데 나를 더 힘들게 하는 건 그런 상황임에도 내가

할 수 있는 건 아무것도 없다는 그 현실 앞에 나는 매일 무너질 수밖에 없었다.

그런데 생각지도 못한 반전이 일어났다.

글을 쓰기 시작했을 때만 해도 나는 단 한 푼도 변제를 받지 못했는데 재판선고 날짜가 다가오며 본인도 마음이 불안했는지 합의를 시도했고, 처음엔 법정이자까지 합쳐 7천만 원 이상을 갚아야 함에도 정말 뻔뻔하다는 말이 나올 수밖에 없게 나에게 500만 원으로 합의서를 써 달라고 요구했다.

내가 3년 동안 가슴앓이하며 피눈물을 흘린 것이 500만 원으로 끝난다 생각하니 '차라리 그 돈을 안 받고 법의 심판을 받는 것이 내 정신건강에 더 좋겠다' 생각했다. 그러자 이번에는 천만 원 이야기를 한다. "천만 원으로 합의를 해 주면 본인이 지금 일을 하고 있으니 매달 200만 원씩 돈을 성실히 갚을 테니 믿어 달라"고 한다. 그러나 나는 그 말을 바보처럼 믿기에는 이미 그에게 너무나 많이 속았고, 상처도 깊었다.

그래서 그 제안까지 거절을 하고 나서 나는 기도를 했다.

"하나님. 어찌하여 내가 이런 시련을 겪는 것일까요…."

그때 하나님께서는 "네가 양보해, 내가 그 눈물 기억하고 다 갚아 줄게"라는 마음의 음성을 주셨다. 그런 마음을 주시면 그렇게 해야 함이 맞는 것인데 그러나 나는 너무나도 억울했다. 그 돈을 못 받는 한이 있어도 감옥에서 그 죄에 대한 대가를 치러야 한다고 생각했다. 그런데 자꾸 2년 전에 보았던 우리 하루와 비슷한 또래인 그 딸들 얼굴이 떠오른다. 너무너무 괴로웠다. 나도 화가 나고 나도 해볼 수 있는 거 다해 보며 끝까지 가 보고 싶은데 별안간 용서를 하라니…. 내적 갈등에 참 많이 힘들었다. 그렇게 며칠을 기도하고 나서 이번에는 내가 제안을 했다.

나에게 갚을 돈은 7천만 원이 넘지만 2천만 원을 만들어 오면 형사상 합의는 물론 민사적으로도 어떠한 채권압류 없이 모든 것에서 해방시켜 주겠다고 말이다.

말은 그렇게 했지만 실은 내가 그 사건에서 해방되고 싶었다. 내 피 같은 돈은 너무 가슴 아팠지만 거기에 얽매여서 내 기분을 컨트롤하지 못하는 내 자신을 보며 나를 위해서라도 이 기나긴 싸움을 그만하고 싶었다.

나머지 심판은 하나님께 모든 것을 맡기며…. 합의에 응하든 응하지 않든 이제 나는 모든 것은 하나님 뜻대로 해 달라고 기도만 묵묵히 할 뿐이었다.

그리고 선고 3일 전, 드디어 연락이 왔다.

2천만 원이 준비되었으니 처벌불원서 합의서 그리고 아직 감옥에 수용되어 있는 남편 재판부에도 탄원서를 써 달라는 조건을 걸며 만나자는 요청을 해 왔다.

2년을 넘게 기다렸던 꿈에도 상상하지 못했던 합의 날….

어떤 말을 해야 하며 어디까지 그가 요구하는 것을 수용해 줘야 할까 고민하며 그를 만나러 가는 길에 문득 '전도를 해야겠다.'는 생각이 강하게 들었다.

그렇게 그를 만난 자리에서 나 역시 부탁할 게 있다며 이날 이후로 교회를 나가면 좋겠다는 조건을 걸었다. 헛웃음 칠 걸 예상하고 한 말이었다.

그러나 그 여자는 아주 진지한 눈빛으로 "본인은 아직 마음이 힘드니 교회를 나갈 수 없겠지만 자녀들은 교회를 나가게 하겠다." 그리고 본인 또한 "머지않아 꼭 한 번은 교회를 나가겠다."고 말을 한다.

그리고 나는 또 하나 물었다. 지금 교도소에서 나와 그동안 채무관계에 있던 빚들이 많을 텐데 또 사기를 칠 거냐고 더 이상은 이렇게 살면 안 되지 않겠냐고 말을 하니 걱정하지 말라며 지금은 학원에 취업을 했으니 다시는 이런 사기로 피해자들에게 상처 주지 않겠다는 말까지 한다.

그리고는 나에게 조심스레 묻는다.

그렇게 강경하시던 분이 어떤 마음이 들어 자신을 용서한 거냐고…. 그때 나는 지체 없이 말했다.

"내가 용서한 거 아니에요. 하나님이 용서해 주신 겁니다. 그러니 저한테 고마워하지 말고 당신에게 다시 기회를 주라고 말씀하신 하나님께 감사하세요. 하나님은 그런 모습의 당신도 사랑하시고 그분에게 돌아오길 기다리십니다."라는 평소의 내가 그를 향해 느꼈던 감정으로는 도저히 할 수 없는…. 감히 생각지도 못한 말이 마치 며칠 동안 철저히 준비해 온 것처럼 청산유수로 흘러나왔다.

그리고 나는 과감히 내가 받을 돈의 3분의 1도 안 되는 2천만 원만을 받고 형사고소는 물론 민사적으로도 추심을 하지 않겠다는 각서와 처벌불원서를 써 주었다.

"이것으로 우리의 악연을 멈추자."는 마지막 말과 함께 그를 위로까지 해 주며 그 순간 나는 마더 테레사보다 더한 사랑과 자비를 가진 자가 되어 그를 용서하고 나왔다.

막상 그렇게 하고 나와 다시 2천만 원이 입금된 통장을 보니 괜한 눈물이 흘러내렸다. 그리고 마치 사기당한 것을 처음 알았을 때의 그날처럼 마음이 한없이 괴롭고 공허했다. '내가 누군가를 용서할 만큼 자비가 넘치는 사람

인가?'

그리고 '내가 지금 누군가에게 아량을 베풀며 내 돈을 포기할 만큼의 여유가 있는 사람인가?'

모두 '아니요.'였다.

그럼에도 내가 그렇게 결단할 수 있었던 것은 모두 하나님. 그 한 분 때문이었다.

"한 영혼이 천하보다 귀하다." 말씀하신 하나님.

나는 그 말씀을 받들어 나의 돈 수천만 원과 그 영혼이 하나님께로 회심하여 돌아오기를 바라는 마음을 바꾸었다.

그렇게 생각하니 마음이 한결 후련했고 뿌듯하기까지 했다.

[다니엘 12:3 지혜 있는 자는 궁창의 빛과 같이 빛날 것이요 많은 사람을 옳은 데로 돌아오게 한자는 별과 같이 영원토록 빛나리라.]

나의 두 번째 사기는 신종 재테크 피싱이었다.

오래된 불면증으로 인해 새벽 3, 4시가 되어야 잠을 잘 수 있었던 어느 날.

아이를 옆에 재워 놓고 휴대폰으로 인터넷 카페를 돌며 사람들의 사는 이야기를 써 놓은 걸 읽어 보며 함께 공감하고 위로하는 게 내 육퇴(육아퇴근)의 유일한 즐거움이었다.

그날도 여느 때와 마찬가지로 카페를 둘러보는데 "이혼하고 힘들었는데 모아 둔 소자본으로 성공했어요."라는 제목이 내 눈에 확 들어왔다. 무심코 그 글을 클릭해 보았고 그 글 안에는 자신이 남편과 이혼 후 혼자 아이들을 키우며 직장이 없어 아이들 학원비도 부담스러워 못 보내고 있다가 "트레이딩차트"라는 주식리딩거래를 통해 돈을 벌었다는 이야기였다.

같은 주부, 무엇보다 나와 똑같은 고민을 하고 있던 그 사람이 도대체 무엇으로 돈을 벌게 되었는지가 궁금했다. 링크된 주소를 클릭해 보니 이미 3천여 명이 가입된 카페로 안내가 되었다. 그곳은 가입절차가 까다로웠다. 실명인증이 된 사람만이 가입할 수 있었고, 카페활동은 없이 일명 "눈팅"만 하다가는 수일 내로 카페에서 강제탈퇴가 되었다.

그들이 돈 버는 방법이 너무 알고 싶었기에 나는 열심히 카페활동을 했다. 그렇게 카페 내에서 등업이 되어 그 안에 있는 후기들을 읽어 볼 수 있게 되었다.

그 안에는 수백 개의 수익 체험 글들이 있었고 모두 큰 돈을 벌었다는 이야기들이 대부분이었지만 간혹가다 운영진에게 항의를 하는 글들도 있었다.

이유를 읽어 보면 같은 투자금 대비 다른 투자자들보다 수익이 적었다는 이유였다. 그런 글들도 겸허히 수용하며 글을 삭제하지 않고 있는 것도 뭔가 더 투명해 보였다. 그런데 그것조차도 의심을 피하기 위한 일종의 트릭이었다는 걸 알게 되는 건 그리 긴 시간이 걸리지 않았다.

며칠 밤을 잠도 안 자고 수익 후기 글들만 읽다 보니 이제 나도 그것을 하지 않으면 안 될 것 같았다. '요즘에는 힘들게 발로 뛰며 일하지 않아도 이렇게 고급정보를 통해 재테크를 하는 사람들이 많구나…. 내가 살림만 하느라 세상물정을 이렇게 몰랐구나.' 하며 무지했던 내 자신을 돌아보며 '이것은 내게 온 행운이다.'라고 생각했다. 그리고 '무엇보다 이것으로 수익 성공을 해서 키즈카페 투자

사기에 당한 손해만 만회해 보자.'는 마음이 제일 컸다.

'딱 그 돈까지만 벌고, 다 털어 버리자.'라는 생각으로 매니저라는 사람에게 카톡을 보냈고, 그렇게 나는 지옥의 문을 열고 내 발로 스스로 성큼성큼 겁도 없이 걸어 들어갔다.

김승혁이라는 매니저….

카톡 사진은 자신의 아이 돌잔치 사진으로 보이는 사진들이 있었고, 프로필 사진 히스토리를 보니 1년 전부터 있던 계정이었기에 '사기를 치려고 급히 생성한 계정은 아니구나.' 하는 생각으로 처음에 의구심이 들었던 내 의심들이 그와 오랜 시간 대화를 하며 이것저것 물어보는 나에게 전문적인 용어를 써 가며 막힘없이 다 알려 주는 그 사람에게 신뢰가 생기다가 나중에는 강한 확신이 들었다.

방식은 주식 재정거래 같은 투자 방식이었고, 돈을 투자하고 수익을 얻기까지는 길어야 1주일이면 되고, 짧게는 3일이면 끝난다 한다.

원금손실이 없을 수 있는 이유는 본인들은 이미 배당값을 다 알고 있기 때문에 질 수 없는 게임이라고도 했다. 수익이 나면 원금과 이자가 합산된 금액이 내 통장으로 들어오고 거기에서 매니저에게 수익 수수료 30%를 주면 모든 것은 끝나는 아주 심플한 방식이었다. "이 좋은 걸 왜 가족 친지들은 안 하고 모르는 사람들에게 이런 수익을 주냐."고 하니 "한 주민번호로 평생 단 한 번밖에 기회가 없는 것이기 때문에 가족들은 이미 다 한 번씩 해서 수익을 봤다."고 했고, 나는 참 순진하게도 '이런 기회가 나한테도 오는구나.' 싶어서 설레는 마음을 가눌 길이 없었다.

그때부터 내 마음은 조급해지기 시작했다.

이 기회를 망설이다가 놓칠 것 같아 급해질 수밖에 없었다. 기회는 평생 단 한 번이라고 하니 돈을 최대한 끌어모아야 했다.

어차피 1주일이면 모든 것은 끝나니 카드론이나 사금융을 적극 추천하기도 했다. 그래서 나는 10년 가까이 부어 왔던 연금보험을 깨 가며 돈을 모았고 그렇게 정말 영혼까지 털어 만든 돈이 현금 8천만 원이었다. 그들이 알려 준 통장계좌번호로 입금을 했고, 그 돈은 포인트로 전환이 되어 내가 거래하게 되는 인터넷 차트창에 충전이 되었다.

이제 내가 할 일은 끝났다. 가만히 기다리기만 하면 된단다.

돈을 보내 놓고 그들은 연락을 바로 끊지 않는다.

대포통장에 있는 돈을 세탁하기 위해 10개 통장을 거쳐 인출을 해야 하기 때문에 시간을 벌기 위해서라도 계속 안심을 시키며 연락을 한다. 그렇게 시간이 흘러 정확히 3일 뒤 연락이 왔다.

그들이 말한 것처럼 수많은 사람들의 수익 후기 글처럼 내 돈 원금 8천만 원에 말도 안 되는 수익금이 붙어 있었다.

"이제 인출버튼을 누르면 보통 10분 내로 입금이 되는데 통장으로 입금이 되면 본인에게 수수료만 보내 주면 모든 것이 끝난다."고 한다. 심장이 너무 쿵쾅거리고 손이 정말 바들바들 떨렸다. 그 떨리는 손으로 출금버튼을 눌렀고, 초조하게 입금되기만을 기다리는데 20분, 30분이 지나도 입금이 되지 않아 게시판에 문의를 하니 답변이 달리기를 "단기간에 큰 수익이 나서 정부의 제재가 심해 정상거래라는 것을 보여 주기 위해 수익이 난 만큼의 돈을 입금하면 확인한 후 그 돈까지 포함해서 정상출금이 될 것."이라고 한다.

심장이 덜컥 내려앉았고, 두려움이 몰려왔다.

'그 돈을 어디서 또 만들지…. 나 진짜 영혼까지 끌어모은 건데….'

매니저라는 사람에게 간곡히 부탁을 했다.

"나 좀 살려 달라."고 "그 돈을 찾을 수만 있다면 나는 내 원금만 받고 그 수익금은 다 매니저님께 드리겠다."고 비굴하고 불쌍하게 애원하며 매달렸다.

그런데도 돌아오는 말은 "그 돈을 입금하지 않으면 원금도 찾을 방법이 없다."고 한다. 내가 그동안 어떻게 지켜 온 자존심인데 누군가에게 절대 아쉬운 소리는 하고 싶지 않았다. 다른 건 몰라도 "우리가 지인들한테 돈 빌리러 다닌다."는 말은 내가 죽어도 듣고 싶지 않아서 며칠 동안 잠도 못 자 가며 돈을 구할 방법을 찾고 있는데 김승혁 매니저에게서 돈을 구했냐는 연락이 왔다.

그래서 아직 돈을 구하지 못했다고 하니 갑자기 입에 담지 못한 욕을 나한테 퍼붓더니 몇 분이 지나지 않아 그들이 운영하는 카페에서도 탈퇴가 되었다.

그때서야 '이거 뭔가 잘못되어 가고 있구나.'라는 것을 알게 됐고, 나는 망연자실했다. 정신을 간신히 붙잡고 경찰에 신고를 하러 갔다. 피해 상황과 피해 금액을 들은 경찰관이 "요즘 이런 사기가 많다."며 안타깝다고 하셨지만 "보통 이런 놈들은 해외에 서버를 두고 있고, 통장도 대포통장을 쓰고 이름 사진 모두 가짜기 때문에 잡을 확률이 거의 없다며 본인들이 해 줄 수 있는 게 없다."는 말을 듣는데 믿었던 경찰들마저 그렇게 말씀을 하시니 '이래서 사기꾼들이 더 판을 치는구나.' 하는 생각이 들어 엄한 경찰들까지 미웠다.

집에 와서 멍하니 앉아 있다가 드러누워 있다가 이렇게 저렇게 생각을 해 봐도 내가 지금 도대체 무엇을 할 수 있을지 아무것도 할 수 있는 게 없다는 게 너무 견디기 힘들었다. 그러나 상황이 이렇다고 가만히 있을 수도 없었기에 일단은 '나와 같은 피해자들이라도 더 이상 생기지 않도록 막아야겠다.'는 마음으로 내가 운영하던 블로그와 카페에 내가 당한 사기 피해 글을 올리기 시작했다.

그런데 뜻밖의 상황이 전개됐다.

나에게 쌍욕을 하고 나의 메시지를 차단했던 김승혁 매니저에게서 연락이 왔다. "돈을 돌려주겠다."고 한다. 그러나 얼마 지나지 않아 그것은 그들이 내가 올린 피해 글을 지우게 하기 위한 또 다른 속임이었다는 것을 알게 되었다.

그렇게 며칠이 지나 나와 비슷한 수법의 사기 피해자였던 50대 주부의 신문기사를 우연히 읽게 되었다.

사기를 당하고 그 사기꾼을 처벌하기 위해 사기꾼을 직접 2년 동안 열심히 쫓아다닌 결과 돈 전액을 찾았다는 희망적인 글을 보고 "그래! 50대 아줌마가 했다면 30대인 나도 충분히 해 볼 수 있겠다."는 한 줄기 희망이 생겼고, 그때부터 사기꾼들이 운영하는 사기 사이트들을 찾아 올리는 블로그 계정을 새로 만들어서 운영을 하기 시작했다.

그리고 그들을 만났던 그 길목(재테크, 부동산 카페 등)에서 새벽마다 그들을 기다렸다. 그들이 올려놓았던 후기들의 제목을 일일이 검색하며 카페 글들을 볼 때마다 "이곳은 사기니 절대 속지 말라."는 댓글을 달았고, 블로그를 통해 사기당할 뻔했는데 나의 글을 보고 사기를 면했다는 글을 볼 때는 내가 도리어 위로를 받기도 했다.

그렇게 한 달간을 정말 물귀신처럼 바짝 붙어서 사기꾼들을 박멸하기에 나섰다. 그랬더니 역시나 쥐도 새도 모르게 숨어 버렸던 그들이 다시 연락을 해 왔다.

"돈을 돌려줄 테니 제발 그만 좀 쫓아다니라."고…. "진짜 너 때문에 우리가 몇 달 동안 수천만 원 들여서 만들어 놓은 사이트들을 써먹을 수가 없다."며 "한 달에 두 번 500만 원씩 줄 테니 조용히 좀 살아 달라."고 부탁을 했다. 그때 나는 무슨 용기로 그런 말을 했는지 모를 정도로 대담하게 "나는 이제 그 돈 없어도 산다. 나 죽을 때까지 너네 사기 못 치게 너네 괴롭히는 게 내 돈 8천만 원 돌려받는 것보다 더 값진 일이라고 생각한다."고 큰소리를 쳤다.

보통은 돈을 주겠다 하면 몇 달 전의 나처럼 시키는 대로 하며 비위를 건드리지 않을 텐데 무슨 믿는 구석이 있기라도 한 것처럼 당당하게 말한 게 되려 통했나 보다.

그때부터는 쉽게 사기당한 세상물정 모르는 순진하고 멍청한 아줌마로만 생각했던 그들도 내가 보통이 아니라는 것을 알게 되었을 것이다.

그렇게 5회에 걸쳐 2천만 원 정도를 돌려받는 믿을 수 없는 기적들이 일어났다. 비록 무통장으로 입금해 주는 입금자에게 20프로 수수료를 줘야 한다며 돈을 떼 가긴 했지만 그렇게 나는 사기꾼들과도 직접 소통하며 이전에 고우리로는 절대 상상할 수 없을 만큼의 강한 사람이 되어 있었다. 심지어 사기꾼들은 내가 조금만 연락이 안 되어도 불안해서 새벽마다 시시때때로 전화를 걸었고, 나의 안부를 살피는 말도 안 되는 상황까지 생겼다. 그러다 그 김승혁이라는 매니저와 인간적인 대화까지 나누는 사이가 되었고, 나는 진심으로 '그 사람의 인생이 안타깝고 아깝다.'는 생각이 들었다.

20대 후반인 그들은 귓등으로도 안 들겠지만 그래도 나는 "돈을 잃고도 내가 살 수 있었던 건 내가 사기를 친 게 아니라 당한 거기 때문에…. 그건 내가 잘못한 게 아니기 때문에 다시 웃으며 살 수 있었던 거"라고…. "그러나 너희들은 돈을 벌고 몇십억 원을 손에 쥐어도 진정 행복하지 못한 것은 언제 잡힐지 모른다는 불안함과 두려움으로 하루하루가 어쩌면 지옥이지 않느냐."는 말을 하니 그때서야 본인의 마음을 내비치기 시작했다. "자기도 이렇게 살기 싫고 감정 없는 사람처럼 사기를 치는 것이 너무나 괴롭고, 이제는 이 생활도 지겹다."고….

그때 나는 아주 조심스레 자수를 권유했다.

"자수를 하면 지금 너의 상황을 반영하여 반드시 정상

참작이 될 것이다. 내가 탄원서도 많이 넣어 주겠다."는 약속을 하며 그들에게 복음을 전하기도 했다. "사실 나는 이혼을 하고 어린 두 자녀를 키우고 있는 싱글맘이다. 누구에게 말할 수도 없을 만큼 참 많이 힘든 시간들도 있었지만 내가 고통 한가운데에 서 있을 때에 다시 살 수 있었던 이유는 내게 하나님이 계셨기 때문이었다."는 것을 이야기해 주었다.

그리고 "출소하고 나와도 아직 30대이니 얼마든지 새 삶을 살 수 있다."고 얘기해 주었다. "내 돈 돌려받는 것도 너무 중요하지만 그 돈 못 받더라도 한 사람의 인생이 쓸모없는 삶에서 다시 쓸모 있는 인생으로 바뀐다면 그 대가를 내가 치르겠다."고…. 지금 생각해도 어떻게 내 돈 사기 쳐 간 사람한테 어찌 그렇게 사랑과 용서의 언어를 전할 수 있었었던 건지 참 신기한 일이다. 그러나 그건 내가 한 말이 아닌 하나님께서 그들에게 하실 말씀이라는 걸 나는 이제 안다.

그리고 얼마 후 그 일당들이 잡혔다는 소식을 경찰을 통해 듣게 되었다. 아무 기록도 남기지 않고 수시로 포맷을 해서 컴퓨터 하드가 다 비워져 있었는데 유일하게 나와의 채팅 내역이 있어서 그 번호를 보고 연락했다며….

그들은 결국 10년 가까이 되는 무거운 중형을 선고받고 피해자들과 합의를 했음에도 선처를 받지 못하고 법의 엄중한 벌을 받기 위해 지금은 교도소에 수감 중이다. 그리고 지금 생각해도 도저히 믿을 수 없는 기적이 일어났다.

잃었던 돈을 모두 돌려받았다는 사실….

심지어 나를 믿고 내 관할 경찰서에 와서 같이 신고했던 피해자들도 모두 피해 금액을 돌려받는 쾌거를 이루었다. 피의자 쪽 변호사와 조율하는 것이 쉽지 않았지만 이제 나는 더 이상 두려울 것도 무서울 것도 없었다.

그렇게 기적처럼 돈을 돌려받고 하나님께 감사하는 마음으로 나름의 재능기부(?)를 시작했다.

아직도 죽음을 생각하며 피해의 상처에서 벗어나지 못하고 있는 피해자들을 돕기 시작한 것이다. 그렇게 여러 사람들을 도와주다 보니 인터넷 카페에 수만 명이 가입되어 있는 사기 피해자 커뮤니티 카페에서 나는 소위 영웅이 되어 있었다. 1주일이면 "본인도 돈을 찾을 수 있게 도와 달라."는 수백 통의 쪽지가 왔다. 시사프로그램의 방송사에서도 출연 요청 연락이 왔다.

그 카페에서 활동하는 변호사마저 나에게 "어떻게 돈을 받았는지 방법 좀 알려 달라."며 "알려 주면 사례를 하겠다."는 연락이 오기도 했다. 그러나 나는 그 누구에게도 그 흔한 커피 쿠폰 한 장도 받지 않고, 피해자들과 직접 만나 진정서를 손수 써 주고, 경찰서에 동행하고, 검찰청 법원재판까지 따라다니며 그들의 작은 버팀목이 되어 주었다. 그리고 방송 출연까지 하며 내 피해 사실을 널리널리 알렸다.

그런데 지금 생각해 보면 그들이 큰 힘을 받고 나를 의지했었던 건 내가 그들에게 무엇을 해결해 주어서가 아니다. 그저 그냥 옆에 있어 주었을 뿐이다. 그런데 그들은 나를 보며 삶의 끈을 다시 붙잡는 놀라운 일들을 경험하며 그때부터 나는 마음이 힘든 사람들을 치료해 주는 심리상담을 해야겠다는 생각이 어느샌가부터 강하게 들기 시작했다.

사기를 당하고 험한 산길을 홀로 걸어가고 있을 때 그때 내 옆엔 아무도 없었다. 너무 외로웠고, 너무 아팠다. 그러나 누군가에게 내 슬픔을 알아 달라고 이야기할 수도 없었다. 모두가 나를 바보라고 비웃었고, 나를 한심한 여자 그 자체로 본다는 걸 누구보다 잘 알고 있었으니까….

그때 내가 의지할 것은 하나님밖에 없었다. 하나님이 날 살리셨고, 하나님이 날 일으켜 세워 주셨다. 철저히 혼자됨을 느끼며 그분에게로 오게 하기 위함, 하나님의 큰 그림.

그래서 나는 하나님 곁을 떠날 수가 없다.

나라는 사람을 지으셨을 때 이미 나를 먼저 아시고, 나를 그렇게 만드셨으니까…. 그분이 바로 전지전능한 나의 아버지 나의 하나님이시니까….

이혼도 사기도 아픈 아이도…. 모두 하나님께서 나를 위로하시기 위해 내 인생에 깊이 관여하시는 것이라는 그 사실을 알게 되었을 때 그 감격의 눈물을 잊을 수가 없다.

다시 한번 내가 겪었던 그 고난들을 겪으라면 나는 자신 있게 말할 수 있다. 그때 그랬던 것처럼 하나님만 내 곁에 계셔 주신다면 그 고난들을 기꺼이 겪어 내겠다고…. 하나님 한 분만으로도 나는 모든 시련을 넉넉히 이겨 내겠다고 말이다.

[로마서 8:18 생각하건대 현재의 고난은 장차 우리에게 나타날 영광과 비교할 수 없도다]

만학도의 길,
상담심리학을 공부하다

어릴 때부터 예체능이나 미용 쪽으로 관심이 많아 고등학교 때부터 헤어미용을 배울 정도로 학업에는 큰 관심이 없었다, 그래도 대학교는 나와야겠다는 생각으로 친한 친구가 넣은 학교에 나도 그대로 원서를 넣어 전문대 비서학과에 입학을 했다.

그 이후 졸업을 하고, 회사 입사를 준비하며 학력에 대한 콤플렉스가 심했었는데 이번 기회로 대학을 졸업한 지 16년 만에 4년제 학위를 받아야겠다고 마음먹었다.

그 당시 2020년, 코로나19가 터진 해라 어차피 비대면으로 수업을 하다 보니 학비가 비교적 저렴한 사이버대학교에서 학점을 이수한 후 대학원까지 가야겠다는 계획을 세우고 2년 동안 상담심리학 공부를 하고 2022년 올해 드디어 졸업했다.

기대한 만큼 학점이 좋지는 못했지만 우리 하루에게 공부하는 엄마. 마흔이 되어서도 어딘가에 도전하고 열심히 공부하는 모습을 자녀에게 보이는 것이 긍정적 요소임에는 틀림없었다. 그러나 아이 둘을 키우며 학업을 병행하기란 생각만큼 쉽지 않았다. 뒤돌아서면 다가오는 것 같은 중간고사 기말고사 그리고 머리를 쥐어짜서 써야 하는 토론 및 리포트 등을 쓰는 것이 만만치 않았기 때문이다.

그래도 이번에도 역시 나는 또 하나님의 선한 능력을 힘입어 해냈다. 성공적이지는 못해도 인생의 또 한고비 잘 지나왔다는 생각에 스스로에게 한없는 칭찬을 해 주었고 하나님께 감사했다.

어차피 인생은 자기만족이니까. 누가 인정해 주지 않아도 내가 행복하면 되는 거니까.

아직 대학원이라는 큰 산이 남아 있지만 이 또한 하나님의 계획이 있으시다면 좋은 곳으로 좋은 때에 나를 그곳으로 보내 주시리라 믿는다.

[요한3서 1:2 사랑하는 자여 네 영혼이 잘됨 같이 네가 범사에 잘되고 강건하기를 내가 간구하노라]

신학기는 죽기보다 싫은 날

각 자동차 브랜드에서 신차가 나오면 그 차에 대한 성능과 스팩을 설명하는 신차발표회라는 것을 하는데 그곳에서 행사를 진행하는 프리젠터를 대학교 1학년 때부터 한 것을 시작으로 사람들과 카메라 앞에서 말을 하는 게 참 매력적이라고 생각을 했다. 그러다 우연한 기회로 한 기업의 리포터를 하게 되었고, 그것을 계기로 방송 리포터 등으로 일을 하다가 기업 사내 강사. 그리고 지금은 쇼호스트까지 하고 있으니 사람들은 내가 깨나 외향적인 사람이라고 생각을 한다.

실제로 나는 친한 사람들 앞에서는 대화를 주도하고 리드하는 쪽이기도 하니까…. 그러나 나는 사실 굉장히 내성적이고, 낯가림이 심하며 학창시절에는 새 학기가 시작되고 한 달여가 될 때까지 친구들 앞에서 고개를 들지 못

할 정도로 낯선 자리, 낯선 곳을 너무나도 싫어하던 사람이었다.

나중에 친구들과 친해지고 나면 이렇게 말을 잘하는 아이가 학기 초에는 어떻게 그렇게도 입을 꾹 다물고 있었냐며 어떤 마음으로 참았냐고 하지만 나는 참았던 게 아니다. 어쩌면 그것이 진짜 내 성격이었다. 사람 눈을 마주치지 못하고 특히나 남자에 대한 트라우마로 남자들과는 아예 철벽을 쌓고 학창시절을 지내던 모습.

그게 바로 나의 본모습, 진짜 내 모습이다.

초등학교 6학년 때 서울에서 인천으로 전학을 가게 되었다.

그때 나는 엄마가 나를 새로운 담임선생님께 인계하고 집에 돌아가시는 뒷모습이 슬펐던 기억이 난다. 그렇게 나는 또 목이 아플 정도로 고개를 숙이고 학교생활을 했다. 신도시에 생긴 작은 초등학교라 서울에서 누가 전학을 왔다는 소문을 듣고 6학년 전교생이 나를 구경하러 왔다. 창문 밖으로 보이는 낯선 얼굴들이 나한테는 공포 그 자체였다. 그날로 나는 학교가 너무 가기 싫었다. 매일매일 동물원 원숭이가 되는 것 같은 그 치욕스러움이 나를 너무도 힘들게 했기 때문이다.

그 이후로 매년 오는 신학기가 나에게는 죽기보다 싫었다. 할 수만 있다면 도망가고 싶었던 나의 전학생 생활…. 새로움이라는 것은 나에게 설렘보단 두려움이 컸던 그때 그 시절….

그런 성격의 나지만 내가 그동안 해 온 일들은 모두 외향적이고 활달한 사람만이 할 수 있을 것 같은 일이었다. 나도 내가 참 아이러니하지만 그것 또한 "내게 능력 주시는 자 안에서 내가 모든 것을 할 수 있다."는 성경 말씀을 마음에 새기고 살았기에 모든 상황에서도 내가 잘 이겨 낼 수 있었던 것 같다.

쇼호스트를 준비하다 보면 어떤 일이 그러하듯 인맥이 참 중요했다. 그래서 아카데미를 다니며 여자 동기들은 실력도 실력이지만 인맥을 넓혀 가며 방송에 진출하는 경우가 많았다. 나 역시도 그런 기회가 없었던 것은 아니다.

먼저 진출한 언니들이 "홈쇼핑 PD나 MD를 소개해 줄 테니 같이 만나 보자."고 했지만 그것은 결국 남녀관계로 만나는 소개팅이라는 것을 알기에 그런 자리들도 모두 마다했다. 그렇다 보니 나에게는 진출할 수 있는 기회가 없었다. 자력으로 하는 공채밖에는 길이 없었는데 공채시험에 합격하는 것이 수백 대 일의 경쟁률이다 보니 낙타가 바늘구멍에 들어가는 것만큼 힘든 일이었다.

그래서 나의 20대는 암흑기가 길었다.

피부미용 자격증도 취득하고, 병원 코디네이터 각종 강사 자격증 한식조리사 등 학원에 가서 열심히 배우기도 했다. 쇼호스트가 되겠다는 일념 하나로 말이다.

그러나 나는 종교적 이유로 술을 마시지 않다 보니 새로운 사람들과의 자리에 가는 것도 쉽지 않아서 홈쇼핑 관계자들을 통해 들어갈 수 있는 일명 "낙하산"의 기회도 나에게는 일어날 수 없는 일이었다. 그렇게 나는 인생의 동굴 속으로 더 깊게 파고 들어갔다.

'그때 작은 기회들이라도 놓치지 않고 다 잡았더라면 꿈을 향해 방황하는 딸이 아닌 월급 때마다 선물을 사서 엄마 아빠에게 안겨 드릴 수 있는 자랑스러운 딸이 되었을까….' 가끔 생각에 잠기곤 한다.

그래서 나는 남들보다 더 준비된 자세로 배움에 임했다.

쇼호스트 아카데미를 다니며 단 한 번도 노메이크업이나 청바지 등을 입고 가지 않았다. "오늘 당장 오디션 보러 가자."라는 말이 나왔을 때 "어? 저 하나도 준비 안 됐는데." 그 말은 하고 싶지 않았다. 그래서 매일이 나에게는 면접이 있는 날처럼 헤어와 풀메이크업 옷차림도 예쁜 원피스나 정장차림이었다.

그 덕분에 아카데미에서 선생님들이나 원장님도 완벽하게 준비된 나의 모습을 보고 특히나 나를 더 예뻐해 주셨다. 그러나 그것은 어쩌면 지극히 당연한 일이다. 누가 보아도 노력하는 학생을 같은 동기들에게는 미움을 받을지언정 선생님들 눈에는 미워 보일 리 없으니까….

'그때 내가 좀 더 선생님들께 적극적이었더라면 더 빨리 진출을 할 수 있었지 않았을까?' 하는 아쉬움이 없었던 것도 아니다. 그런데 모든 것은 하늘이 정해 놓으신 때가 있다는 걸 이것 또한 불혹의 나이, 마흔이 되어 보니 알겠다.

"올라갈 땐 보이지 않던 것들이 내려오니 보인다."는 말을 나는 참 좋아한다.

바쁘고 치열한 현장에 있을 때는 몰랐는데 내가 얼마나 조바심과 불안함으로 그 시간을 살아왔는지 참 안쓰럽고 그때의 나에게 미안함도 느껴진다. 그리고 모든 것을 내려놓고 내가 올랐던 그 험난한 산을 바라보니 아득한 그 때가 생각나면서 지난날을 반성도 하게 되고 되돌아보게도 된다.

그래서 사람은 어느 정도 인생의 굴곡이 있어야 삶의 깊이도 생기게 되는 것 같다. 그때의 경험이 없었더라면 지금의 나도 없었겠지만 그 시간들을 겪고 지금 되돌아보니 '그 악한 상황에서도 그래도 이만하길 참 잘했다.'라는 생각이 든다.

[고린도전서 10:13 사람이 감당할 시험밖에는 너희가 당한 것이 없나니 오직 하나님은 미쁘사 너희가 감당하지 못할 시험 당함을 허락하지 아니하시고 시험 당할 즈음에 또한 피할 길을 내사 너희로 능히 감당하게 하시느니라]

비나이다, 비나이다

부끄러운 이야기지만 나는 젊은 20대부터 무속신앙 즉 점 보러 다니는 걸 즐겨 다녔다. 앞날이 막막하고 잘 풀리지 않으니 누군가의 카운셀링을 가까이에서 받고 싶었는데 그 답답함을 해소하는 나의 방법은 점집을 찾아다니는 것이었다.

TV에 나오는 유명한 무속인을 만나려면 1년 가까이 기다려야 하는데도 나는 수개월을 기다렸다가 점사를 보러 찾아갔고, 속 시원한 답변을 듣지 못했다면 또 다른 무속인을 만나러 다녔다. "신을 받은 지 얼마 안 된 따끈한 처녀 도사가 있다."는 소문을 들으면 지체 없이 바로 찾아갔고, 그렇게 나는 무속인들의 일명 "호구"가 되어 있었다.

여기저기를 떠돌다가 내가 정착하게 된 한 박수무당.

한참 쇼호스트를 준비할 때인 20대 중반에 나는 교회

목사님보다 그 무당과 전화 통화를 더 자주 했다. 공채 날짜가 다가오면 어김없이 찾아가서 "도사님 이번엔 될까요?"라고 물었고, 그때마다 무당은 "우리야, 이번에도 아니래. 좀만 더 기다려." 절망적인 이야기였지만 만나고 오면 그래도 마음은 한결 편했다.

그 무속인은 내가 처음 찾아갔을 때 문을 열고 들어오는 나를 보며 "카메라가 같이 들어오네."라는 이야기를 하며 나를 소름 돋게 만들었고, "20대에 결혼하면 이혼수가 있으니 결혼은 꼭 30대가 넘어서 하라."고 했지만 그 때문이었을까. 나는 20대 후반에 결혼을 했고, 결국 이혼을 했으니 점사를 잘 본다기보다는 50프로 확률로 잘 찍었던 것 같다.

그 무당은 TV에서 죽은 사람들끼리 '영혼결혼식'을 시켜 주는 무속인으로 꽤 유명한 사람이었다. 그렇기에 나름 검증된 사람이고, 그 영험함이 나의 앞길을 예언해 줄 거라는 기대와 믿음으로 내 친한 친구는 내가 데리고 간 그 자리에서 이름까지 바꿨을 만큼 나는 그 무속인을 그야말로 완전 맹신했다.

그렇게 몇 년을 찾아다니다가 결혼을 하고 자녀가 있다 보니 '언제까지 이렇게 무당들 쫓아다니며 정성을 쏟고 돈을 쏟을 수는 없다.'는 생각에 '우리 하루를 위해서라도 교회를 열심히 다녀야겠다.'는 생각으로 다시 교회로 나의 발걸음을 옮겼다.

사실 결혼생활에 어려움이 없었다면 나는 신앙을 놓고 살았을 거다. 의지할 곳이 없고, 삶이 너무 힘드니 시공을 초월한 "신"이라는 존재를 찾게 되었고, 그것이 지금의 나를 살게 하는 큰 원동력이자 가치이고, 전부가 되었다.

결국 그 앞으로 나를 무릎 꿇리게 하시려고 이 방법 저 방법으로 나를 단련하셨다는 걸 이젠 나는 안다. 그래서 "내가 겪은 고난은 곧 축복이었다."고 감히 말할 수 있는 이유다. "바랄 수 없는 중에 바라는 것이 진짜 믿음"이라 생각한다.

사람들은 내 인생은 이제 끝난 거라 이야기했지만 나는 그때부터가 시작이었다. 사람들이 끝을 이야기할 때 나는 새로운 삶을 그려 나가고 있었기 때문이다.

사람들은 세상의 가치로만 모든 것을 판단하지만 이제 나는 안다. 세상의 성공이 완전한 성공은 아니고, 세상의 실패가 나에게는 실패가 아니라는 것을…. 모든 것은 하나님의 시간, "카이로스"인 것이라는 것을 나는 믿는다.

사기를 당한 에피소드를 주제로 한 토크쇼 방송에 나간 후에 정신 나간 한심한 여자라고 엄청난 악플이 쏟아졌다. 전 재산을 잃어도 싸다고…. 저런 여자를 데리고 사는 남편이 불쌍하다며 온갖 악플을 달며 나에게 날선 화살을 쏘아대지만 예전처럼 그렇게 아프지 않은 이유는 인생의 진짜 가치를 알았기 때문에….

사기를 당하지 않았다면 죽어도 느끼지 못했을 인생의 그 가치들….

이혼을 하지 않았더라면 절대 알지 못했을 인생의 그 귀한 시간들….

공과금 하나도 제대로 낼 줄 몰랐던 내가 이제는 돈을 쓸 줄도 알고 돈을 벌 줄도 알게 됐다. 이혼을 하지 않고 남편의 그늘 속에서만 계속 살았다면 나는 그냥 그저 그런 아줌마로 내 인생을 한탄만 하며 지금도 그저 그렇게 한심하게 늙어 가고 있었겠지….

인생 한 고비 한 고비를 넘을 때마다 너무 아프고 고통이 따랐지만 그것이 내 인생의 전부는 아니었으니….

이제 나는 죽어도 여한이 없다. 그래…. 고우리…. 이 정도면 충분히 열심히 그리고 잘 살아왔다….

[이사야 38:14 나는 제비 같이, 학 같이 지저귀며 비

둘기 같이 슬피 울며 내 눈이 쇠하도록 앙망하나이다 여호와여 내가 압제를 받사오니 나의 중보가 되옵소서 주께서 내게 말씀하시고 또 친히 이루셨사오니 내가 무슨 말씀을 하오리이까 내 영혼의 고통으로 말미암아 내가 종신토록 방황하리이다 주여 사람이 사는 것이 이에 있고 내 심령의 생명도 온전히 거기에 있사오니 원하건대 나를 치료하시며 나를 살려 주옵소서 보옵소서 내게 큰 고통을 더하신 것은 내게 평안을 주려 하심이라 주께서 내 영혼을 사랑하사 멸망의 구덩이에서 건지셨고 내 모든 죄를 주의 등 뒤에 던지셨나이다]

자살을 부르는 입덧

둘째 임신 중 제일 고통스러웠던 건 홀로 아이를 출산해야 한다는 10개월 뒤의 먼 미래보다 지금 당장 나를 죽고 싶게 만들었던 끝날 것 같지 않은 입덧이었다.

두통을 동반한 입덧이 너무나 나를 힘들게 했고, 물 냄새조차 못 맡을 정도였으니 아무것도 입에 댈 수가 없었다. 임신을 했음에도 나는 43kg까지 살이 빠졌고, 구토를 하다하다 위액까지 쏟아 내던 날이 매일의 반복이었다.

불면증까지 겹쳐 아침 7시까지 잠을 자지 못했다. 그 덕분에 임신 기간 동안 새벽 제단을 쌓을 수 있었다.

그 당시 나를 기억하시는 한 권사님께서 "임신한 몸으로 내 앞에 앉아 매일 울기만 하던 고우리 집사가 기억이 난다."며 몇 년 뒤에 그 말을 듣게 되었을 때 문득 그때의 힘든 시간이 기억이 났다.

잠을 못 자도 좋으니 속이라도 편하면 좋겠는데 울렁거리고 구토가 올라오는 증상은 새벽이면 더욱 심해졌다. 밤새 변기통을 잡고 입덧과 사투를 벌이다 간신히 옷을 챙겨 입고, 예배시간에 구토를 억제시켜 줄 입덧사탕을 한 움큼 챙겨 집 앞으로 다니던 교회 예배당에 그야말로 기어 들어갔다.

한날은 새벽예배 시간이 5시였는데 5시 반 정도가 되니 그 당시 7살이던 하루가 잠에서 깨어 울며 전화가 왔다.

40평대 큰 평수에 엄마와 단둘이 사는 집에 덩그러니 혼자 있으니 그 두려움과 무서움이 오죽했으랴….

처음엔 너무 당황이 되어 이걸 어떻게 해야 하나 고민이 많았지만 하나님께서 우리 하루와 함께해 주셔서 이제는 엄마 기척이 없어 허전함에 눈을 떠도 울지 않고 내가 두고 간 다른 휴대폰으로 유튜브 영상을 보며 아주 기특하게 나를 기다려 주었다.

어느샌가부터는 평소에는 잘 보지 못했던 만화를 엄마가 새벽기도회를 가면 맘껏 볼 수 있으니 내가 교회 가는 걸 기다리는 눈치기도 했던 것 같다. 어쨌든 순한 아들 덕분에 그 시간들을 하나님과 깊이 교제하며 위로를 받을 수 있는 귀한 시간을 선물 받았으니 이것 또한 감사의 제목이다.

그 당시는 정말 수요예배 금요예배에 나가는 낙으로 살았던 것 같다. 남편 없이 아이를 혼자 낳아 키워야 하는 그 부담감이 나의 몸을 옥죄어 왔지만 예배를 드릴 때만큼은 잠시나마 잊을 수 있으니 예배는 그야말로 그 당시의 나에게 숨(호흡)과도 같았다. 예배를 나가지 않으면 정말 죽을 것만 같았으니까….

예배에 가서 종일 울다 들어올지언정 '흙투성이라도 살아 있으라.'던 그 말씀을 마음에 새기며 견디고 또 견뎠다. 하나님이 내 신랑 되시고, 내 아이의 아빠가 되어 주시고, 무엇보다 버려진 고아 같은 나의 참 아빠가 되어 주시니 나는 힘들고 외로운 중에도 이겨 낼 수 있었다.

당장 나의 현실이 바뀌는 것은 아무것도 없으나 기도로 말씀으로 찬양으로 위로가 되어 주시는 하나님 때문에 비록 녹록지 않은 삶이었지만 그래도 꿋꿋하게 버텨 내며 살 수 있었다.

[시편 50:15 환난날에 나를 부르라. 내가 너를 건지리니 네가 나를 영화롭게 하리로다.]

산부인과에 가는 날은
내겐 너무 힘든 날

기다리던 태의 열매가 내 안에 생기는 것만큼 세상에 축복이 또 있을까….

아이를 만나러 산부인과에 가는 날은 여느 부부들에게는 설레고 기쁜 날이 아닐 수 없다. 내 지인 어떤 이는 한 달에 한 번 남편과 함께 아이 심장 소리를 듣고 키와 몸무게가 얼마나 자랐는지 확인하러 가는 그 순간이 너무 행복해서 검진 날만을 기다린다고 했으나 나는 반대로 그날만큼은 땅속으로 숨어들어 가고 싶을 만큼 너무나 힘든 날이었다. 처음 임신 순간부터 안정기까지는 1주일에 한 번 병원에 가야 하는데 나에게는 설렘과 기쁨보다는 슬프고 수치스러운 날일 수밖에 없었다.

혼자 차가운 침대에 누워 아기의 심장 소리를 듣고 몇 주 사이에 얼마나 컸는지 치수를 재어 확인하는 일이 나에겐 너무 슬픈 과정이 아닐 수 없었다.

임신 중기가 되었을 쯤 가만히 서 있지도 못할 만큼 어지러워 피검사를 해 보니 "빈혈수치가 너무 낮게 나와서 제왕절개를 하는 중에 수혈을 해야 할 수도 있으니 미리 미리 철분제와 철분주사를 통해 정상 수치로 올려놓으라."는 원장님 말씀에 동네에 있는 내과에 가서 임산부라 보험도 안 되는 철분제 수액을 맞았다.

1회당 10만 원 정도 하는 수액이었는데 그것을 1주일에 한 번씩은 맞아야 하다 보니 내 몸을 생각하기 이전에 돈부터 생각하고 있는 내 자신이 초라하고 비참하여 병원에 가는 차 안에서 울기도 했다.

주사를 맞으러 간 첫날, 사정을 모르시는 원장님께서는 "임산부는 철분이 제일 중요한데 이렇게 빈혈수치가 안 좋으면 산모가 너무 고생한다."며 "주사도 좋지만 소고기를 많이 먹으면 좋다."며 "남편분에게 소고기 좀 많이 사 달라고 하세요."라며 우스갯소리로 말씀하시는데 나는 그 순간 웃을 수도 그렇다고 울 수도 없는 복잡한 심경으로 쓴웃음을 지으며 수액을 맞으러 주사실로 들어갔다.

수액을 한 통 다 맞으려면 1시간 반에서 2시간 정도가 소요되는데 입덧이 너무 심하다 보니 1시간 반 동안 아무

미동도 없이 가만히 누워 있는 것이 너무나 고통이었다. 그래서 두 번째 맞으러 갔을 때는 주사를 놔 주시는 선생님께 "오래 누워 있기가 너무 힘들어서 그러는데 혹시 조금 빨리 수액이 들어가게 놔줄 수 있느냐." 여쭈었더니 "그렇게 하면 혈관이 부을 위험이 있어 위험하긴 한데 산모가 너무 힘들다고 하시니 조금 빨리 놔 드리겠다."고 하셨고 그렇게 수액을 맞은 지 20여 분 정도가 지났을까…. 갑자기 심장이 두근거리고 구토가 심하게 올라오며 온몸에 너무나 뜨거운 작열감이 느껴져 불을 얹은 것만 같은 느낌이 들었다. 선생님께 도움을 요청할 새도 없이 바로 화장실로 들어가 앉아 구토를 하기 시작했다. 화장실 밖에서는 나를 따라 나온 간호사 선생님께서 괜찮으시냐고 문을 두들겼지만 이미 나는 거의 실신 직전이었고 그 목소리마저 가느다란 실처럼 저 멀리서 들릴 만큼 나는 혼미해진 상태로 정신을 잃어 가고 있었다.

그렇게 한참을 변기 뚜껑을 닫고 기대어 누워 있다가 다시 주사실로 들어가 더 이상 수액을 맞는 건 위험할 것 같으니 주사기를 빼 달라 말씀을 드렸다.

그 말을 들은 선생님께서는 "지금 산모 상태가 너무 안 좋으니 이대로 자가운전을 하고 돌아가는 건 위험하기 때문에 남편분께 연락을 해서 남편분이 오셔야 귀가를 시켜 줄 수 있다."고 하셨지만 나에게는 연락할 남편이 없었다.

금방이라도 쓰러질 것처럼 너무 몸이 힘들었지만 애써 괜찮은 척을 하며 혼자 돌아갈 수 있다고 설득을 하고는 병원건물에서 조금 떨어진 주자장까지 걸어가는 내내 서러움에 북받쳐 올라 하염없이 눈물을 쏟아 냈던 그때의 나를 생각하면 아직도 나는 내가 너무나 안쓰럽다.

그 시절 말할 수조차 없을 정도로 험한 꼴을 당하면서도 아이만을 생각하며 그 모든 수모를 온몸으로 견뎌 낸 내 자신이 참 기특하면서도 안쓰러운 건 이런 상황을 겪어 본 사람만이 알 수 있는 감정일 것이다.

그래서 미혼모 사역을 하고 싶었다.

그냥 세상이 흔히 바라보는 객관적인 "안된 마음"이 아니라 나는 그들과 똑같은 경험을 고스란히 모두 겪어 냈기 때문에…. 만질 수 없는 상처와 아픔이었지만 그보다 더 힘들었던 건 혼자라는 고독함이었다.

병원에 혼자 가고 출산용품을 혼자 고르고 태어날 아이 방을 혼자 꾸민다는 건 상상 그 이상으로 참 오묘한 감정이다. 그 모습을 바라보시던 친정엄마의 마음은 또 어떠했을지….

내 앞에서 단 한 번도 눈물을 보이시거나 한숨을 쉬거나

하는 거 없이 언제나 나보다 더 의연하셨던 우리 엄마….

새까맣게 타들어 갔을 그 속을 두 아이를 낳고 키우는 이제서야 조금 가늠하여 본다….

[창세기 3:16 또 여자에게 이르시되 내가 네게 임신하는 고통을 크게 더하리니 네가 수고하고 자식을 낳을 것이며 너는 남편을 원하고 남편은 너를 다스릴 것이니라 하시고]

짝꿍이와 만나다

누군가 나를 보기에는 내가 대담하고 강하고 겁도 없을 것같이 보이지만 실은 겁이 많고 간도 그다지 큰 사람이 아니다.

그래서 첫째 아이를 제왕절개로 낳을 수밖에 없는 선택을 하고서는 원장님께 제일 먼저 부탁드린 게 수술실에서 아이가 태어나고 후처치를 할 때까지 마취가 풀리지 않게 즉 고통을 느끼지 않도록 신경 써 달라고 부탁을 드렸었다.

어차피 아이가 태어나면 엄마인 나는 그 모습을 보지 못하더라도 아이 아빠가 있고, 친정 식구들이 있으니 걱정 없이 나는 그저 내 몸만 생각해도 아이에게 전혀 미안할 게 없었다.

그러나 둘째는 달랐다.

내가 아무리 대책 없이 아이를 낳는다는 손가락질을 당해도 웃으며 다 감당했을지언정 아빠 없이 혼자 출산을 하는 모습만큼은 엄마에게나 첫째 아이에게 보이고 싶지 않았다.

그래서 친한 동생과 함께 새벽같이 병원에 가기 위해 집을 나섰다.

보호자(남편)가 없어 스스로 수술동의서에 싸인을 하고, 5일 동안 입원해 있을 병실 선택을 해야 하는데 10개월 동안 죽고 싶은 마음 꾹꾹 눌러 참으며 그 험한 시간 견뎌 낸 나에게 처음이자 마지막으로 하는 보상이라 생각하며 병원에서 마련해 놓은 병실 중 제일 좋은 VIP룸을 선택했다.

그리고 나는 수술 전날까지도 상상하는 것조차 무서웠던 결정을 하기에 이르렀다.

아이가 배 속에서 꺼내어지면 바로 아이 얼굴을 확인할 수 있게 해 달라는 거였다.

그렇게 나는 수술 전에 하는 검사들을 모두 마치고 동

생과 웃으며 안녕하며 수술실에 휠체어를 타고 들어갔다. 사실 그때의 심정은 단순한 무서움을 넘어 극한 공포에 가까웠다.

수술 진행 과정은 하반신 마취를 하고 아이를 신속히 꺼낸 뒤에 나에게 아이를 보게 해 준 뒤 아이는 처치를 위해 나가고 나는 다시 전신마취에 들어가 절개 부위를 봉합하는 수술에 들어가는 것이었다.

9개월 동안 나를 진심으로 걱정해 주셨던 나의 주치의 부천 S산부인과 김미정 원장님.

말을 안 해도 눈치로 아셨겠지만 나는 애써 태연한 척 아빠 없이 아이를 낳는다는 사실을 고백했고 그 때문인지 선생님은 내가 검진을 갈 때마다 더욱더 친절하게 나를 맞아 주셨다.

수술실에 누워 있는 나를 보시고는 "우리 님. 걱정하지 마세요. 제가 수술 잘하고 봉합할 때도 예쁘게 꿰매 드릴게요."라며 나를 안심시켜 주셨다.

하지만 수술실의 분위기는 생각 그 이상으로 살벌했고, 차가웠다.

마취 선생님께서는 나에게 말을 걸어오시며 종교가 있

다면 잠시 기도를 하시라고 말씀하신다. 그 말에 눈물이 왈칵 쏟아져 펑펑 울었는데 이렇게 울면 마취가 힘들고 깨어나기도 힘드니 마음의 안정을 찾으라며 잔잔히 위로의 말씀을 해 주셨고 이내 나는 하반신이 묵직한 느낌이 들며 정신은 멀쩡한데 하체 쪽으로만 마취가 되어 있는 생전 처음 느끼는 감각으로 짝꿍이를 만날 준비를 했다.

통증이 있는 건 아니지만 칼로 배를 절개하는 것 같은 소름 끼치는 느낌이 들었다.

잠시 후 내 몸이 좌우로 흔들렸고, 그렇게 1, 2분이 지났을까 아이의 울음소리와 "3000g, 예쁜 공주님입니다."라는 말과 함께 너무나 작고 예쁜 아이가 눈도 제대로 뜨지 못한 채 내 품으로 안겨 들어왔다.

임신 후 처음으로 느껴 보는 안도감이 나를 감쌌고, 그 아이를 보는 순간 모든 걱정과 불안들이 한 번에 사라지는 감동을 느꼈다.

만남도 잠시 아이는 후처치를 위해 간호사들이 데리고 나갔고, 나는 그렇게 잠이 들었다.

절대 할 수 없을 것 같았던 무서운 과정들. 그러나 엄마는 위대했고, 그 엄마를 믿고 세상에 씩씩하게 태어나 준 아이는 보석처럼 반짝반짝 빛났다.

빨리 회복을 해야 아이를 보러 갈 수 있다는 생각에 하루 만에 일어나 걷는 연습을 했고, 예쁜 모습으로 아이를 보러 가고 싶은 생각에 배에 무거운 모래주머니와 복대를 하고 있는 와중에도 마스크팩을 얼굴에 붙이며 단장을 잊지 않았다.

아이에게 면회 가는 첫날.
처음부터 우리 아이는 달랐다.

다른 아이들의 침대에는 엄마 아빠 이름이 붙어 있는데 우리 아이는 덩그러니 엄마 이름만 붙어 있는 모습에 '아이가 태어나자마자 세상의 편견과 마주하게 되었구나.' 생각하며 너무너무 미안한 마음이 들었다.

그러나 아이는 그 사실을 아는지 모르는지 엄마가 보러 갈 때마다 억지스레 눈을 뜨려고 하며 나를 동그란 눈으로 바라봐 주었다.

마치 "엄마 나는 괜찮아요. 나는 엄마만 있으면 돼요." 라고 나를 토닥여 주는 것 같았고, 도리어 내가 이 아이에게 평안한 마음의 위로를 받는 느낌이었다.

그럴 때면 나 역시 창문 너머로 만질 수도 없는 아이를 바라보며 "세상 끝 날까지 엄마가 너를 지켜 줄게. 태어나

줘서 고마워."라는 눈빛으로 아이를 향해 웃어 보였다. 그렇게 우리는 누구도 떨어지게 만들 수 없는 "가족"이 되었다.

그렇게 입원 기간 동안 하루에도 아이를 몇 번씩 보고 싶고 보면 만지고 싶은 마음에 입원 3일 만에 별안간 "퇴원을 하겠다."고 원장님께 말씀드렸다.

원장님께서는 아직 산모가 회복이 다 되지 않았기 때문에 집에 가서 신생아를 돌보기가 쉽지 않을 것이라 말씀하셨지만 사실 나는 돈을 한 푼이라도 아끼고 싶었다. 그 돈으로 아이에게 더 예쁜 옷, 더 비싼 분유로 대신해 주고 싶었다.

그래서 나는 산후조리원도 들어가지 않았다.

산후조리와 신생아 돌보기까지 모두 친정엄마의 몫이 되었지만 엄마 역시 내 마음이 전해졌는지 굳이 이유를 설명하지 않아도 엄마는 기꺼이 나와 내 아이를 정성과 사랑으로 돌봐 주셨다.

그렇게 삼칠일이 되었을 무렵 우리 가족은 제주로 이주하게 된다. 하나님께서 우리 가정을 위해 계획하신 내 인생의 2막을 기대하고 소망하며 우리는 그렇게 아무 연고도 없는 제주 땅을 밟게 되었다.

[역대상 4:10 야베스가 이스라엘 하나님께 아뢰어 이르되 주께서 내게 복을 주시려거든 나의 지역을 넓히시고 주의 손으로 나를 도우사 나로 환난을 벗어나 내게 근심이 없게 하옵소서 하였더니 하나님이 그가 구하는 것을 허락하셨더라]

짝꿍이 출생신고하던 날

그날이 오는 것이 너무 두렵고 무서웠지만 한 달 이내에 출생신고를 해야 하기에 크고 긴 심호흡을 하며 떨리는 마음으로 주민센터에 들어갔다.

"아이 출생신고하러 왔는데요."

"네, 여기에 엄마 아빠 이름 쓰시고 아이 이름과 한자 쓰고 계시면 보면서 도와 드릴게요."

한동안 나는 아무것도 작성하지 못한 채 멍하니 서서 출생신고서만 바라보고 있었다.

그러다 이내 지어 온 아이의 이름과 한문을 쓰고 성은 나의 성인 "고"씨를 붙였다. 그리고 엄마 이름 쓰는 곳에 내 이름을 쓰고 아빠 이름을 쓰는 곳은 공란으로 비워 둔 채 제출을 했다.

직원분께서 출생신고서를 보시더니 나를 한 번 바라보다가 다시금 출생신고서를 본다. 나는 태연한 척하며 "아빠는 없어요."라고 애써 웃으며 직원이 묻고 싶었지만 차마 물어보지 못한 그 말에 대한 대답을 내가 먼저 해 주었다.

직원은 당황한 듯했지만 고맙게도 더 이상 어떤 것도 묻지 않아 주었고, 출생신고가 거의 마무리되어 갈 때즈음 조심스럽게 "아이의 성은 꼭 엄마 성으로만 할 수 있는 것은 아니고 아빠 밑으로 호적이 올라가지 않는다 해도 임의 지정을 해서 성을 정할 수 있다"는 안내를 해 주었다.

사실 잠시 고민을 하긴 했다. 첫째는 성이 "이"씨인데 둘째는 "고"씨….

앞으로 살며 겪을 불편함과 아이들이 받을 상처가 불보듯 뻔한 현실이었다.

그러나 나는 그 당시 둘째를 낳으며 첫째 아이 성도 내 성을 따라 "고"씨로 바꿔야겠다는 생각을 염두에 두고 있었기 때문에 몇 분 사이에 수백 번을 갈등했지만 결국 그냥 그대로 "고"씨로 성을 올리겠다고 말씀을 드렸다. 직원분은 더 이상 말씀 안 하시고 처리를 도와주셨다.

그리고 잠시 후 받아든 아이의 출생신고서. 앞으로 이 종이 한 장 때문에 우리 아이가 받을 어려움과 세상의 편견, 그리고 오해 상처들을 겪지 않아도 이미 겪은 듯 가슴이 아파 오기 시작했다.

괜찮을 거라고 생각하진 않았지만 그 후폭풍은 꽤 셌다. 제일 먼저 겪은 곳은 아이 둘을 데리고 독감주사를 맞으러 간 소아과 병원이었다.

엄마는 한 명인데 두 개의 성을 가진 나의 아이들. 수납처에 앉아 계시는 분들의 따가운 시선에 얼굴이 후끈거렸다.

뒤돌아서서 자리에 앉아 대기를 하는 순간에도 나를 보며 수군거리는 것 같았다.

그러나 내가 정말 힘이 들었던 것은 내가 겪을 수모는 아무래도 괜찮았지만 영문도 모르는 내 아이들은 또 무슨 죄인가 싶어 그 자리에서 얼른 벗어나고 싶다는 생각밖에 없었고 그 이후로는 아이들이 똑같이 감기에 걸려도 첫째와 친정엄마는 다른 병원에 내려 주고 나와 둘째는 또 다른 병원에 가서 진료를 받았다. 얼른 진료를 받고 다시 아이와 엄마를 태우러 병원 투어를 다닌 웃지 못할 그 시간들….

또 다른 곳은 바로 공항이었다.

집을 알아보기도 해야 하고 먼저 제주도로 이주한 언니집에 가기도 하다 보니 아이들과 비행기를 타러 다닐 일이 많았는데 그때마다 등본을 제출해야 했다.

그때마다 나는 태연한 척했지만 그런 순간들은 아무리 많이 겪어도 절대 익숙해질 수 없는 감정들이었다.

결정적으로 제주로 입도해서 다니게 된 "제주성안교회"에서의 둘째 아이 세례식.

6주간의 교육에 앞서 아이의 이름을 신청서로 내야 했다. 그러나 이미 유년부에서 열심히 예배를 드리고 있는 하루가 라니의 오빠라는 것을 알고 계시는 분들이 많았기 때문에 차마 아이 이름을 내 성으로 쓸 수가 없었다. 그래서 나는 아이 이름 앞에 처음으로 "이"씨 성을 붙여 아이 이름을 썼고, 그때 나는 하나님께 마음으로 기도했다.

"하나님. 하나님이 사랑하는 귀한 딸…. 그 이름은 오직 하나님만이 아십니다. 하나님만이 알아주신다면 저는 그걸로 족합니다. 거짓으로 아이 성을 쓰는 못난 어미인 저를 용서해 주옵소서…."

그렇게 6주간의 교육이 끝나고 예수님께서 태어나신 크리스마스에 우리 라니는 영원한 천국백성의 증표인 유아세례를 받게 되었다.

그날 제주의 기온은 영상 15도였고, 생각보다 제주의 그날은 더욱 따뜻했다. 세상의 따뜻한 빛과 바람으로 나를 위로하고 감싸 주는 것 같았던 그날의 기억…. 비록 세례를 받는 수많은 아이들 중에서 아빠 없이 엄마와 둘이서만 세례를 받은 이는 우리 라니가 유일했지만 그래도 괜찮다.

영원한 보호자이신 하나님 아버지가 우리의 아빠가 되어 주셨으니….

세상의 아빠는 언제라도 자식을 버리고 떠날 수 있지만 우리의 하나님 아버지는 세상 끝날까지 나와 그리고 내 아이들을 눈동자처럼 지켜 주시고 보호해 주시며 영원히 함께해 주신다고 약속해 주셨으니까 나는 정말 괜찮다.

[마태복음 28:18-20 예수께서 나아와 말씀하여 이르시되 하늘과 땅의 모든 권세를 내게 주셨으니 그러므로 너희는 가서 모든 민족을 제자로 삼아 아버지와 아들과 성령의 이름으로 세례를 베풀고 내가 너희에게 분부한 모든 것을 가르쳐 지키게 하라 볼지어다 내가 세상 끝날까지 너희와 항상 함께 있으리라 하시니라]

무모한 도전,
성본변경신청

라니의 첫돌을 지낸 어느 날.

라니가 더 크기 전에 본인이 가진 성씨에 대해 뭔가 정리가 필요할 것 같다는 생각이 들어 인터넷을 샅샅이 뒤져 가며 공부를 했다. 그리고 나와 비슷한 사례들로 소가 진행되었던 판례들을 찾아보았다. 그러나 내가 원하는 판례들을 찾기란 너무나 어려운 일이었고 그때부터 변호사들과 상담을 하기 시작했다. 그러나 변호사 중 어느 분도 성공을 확신하며 무조건 소송을 해 보자는 말을 해 주지 않으셨다.

지금 내가 생각해도 참 무모한 도전이었다.

라니의 성을 엄마도 아빠도 아닌 오빠의 성으로 바꿔 달라는 게 소의 청구 취지였다. 참 말도 안 되는 이야기였다.

다른 사람들의 사례들을 보면 이혼한 아빠와 연락을 안

하고 사는 아이의 성조차 바꾸기 쉽지 않다는 글들이 많았고, 재혼한 지 10년이 되어서 전남편의 아이를 재혼한 남편의 성으로 바꿔 달라는 소를 제기해도 받아들여지지 않았다는 수많은 판례들을 보며 당연히 될 것 같은 그런 사례들도 안 되는데 나는 지금 오빠 성으로 엄마 성을 따르고 있는 동생 성을 바꿔 달라니 이건 거의 불가능에 가까웠다. 그러나 포기할 순 없었다. 내 목숨보다 더 귀한 내 아이의 미래를 위한 일인데 모두가 불가능하다고 이야기할지라도 나는 지옥불이라도 들어가야 했다.

결국 안 되더라도 해 볼 수 있는 것들은 모두 해 봐야 후회도 없을 테고 아이에게도 내가 해 줄 말이 있을 거라 생각했으니까….

그렇게 나는 확신 없는 소송을 제기하기에 이르렀다.

그것도 변호사의 조력 없이 혼자서 말이다.

미리 소송 청구양식을 구했더라면 집에서 차분히 앉아서 써 갔을 텐데 그런 정보조차 얻기 힘든 제주도였기에 무작정 법원으로 가서 2시간을 가까이 그 자리에 서서 아무 형식 없이 그냥 판사님께 나의 진심을 서술식으로 전달했다.

어떻게 출산을 했고, 어떻게 출생신고를 했으며 지금 첫째 아이의 상황 그리고 제일 중요한 앞으로 아이들이 겪어야 할 세상의 편견과 그 고통들을 헤아리시어 부디 저의 간곡한 청을 들어주시기를 부탁드린다며 비록 감정 없이 전달되는 글이었지만 한 자 한 자 눈물을 쏟아 내며 장문의 글을 진심을 담아 피를 토하는 심정으로 썼다.

내 진심만큼은 내 글을 읽는 모든 이들에게 전달이 될 거라는 간절한 마음으로 소 제기신청서를 내고 집으로 돌아왔다.

사실 그 소송을 제기하는 사실은 아무에게도 말을 하지 않았다.

어차피 변호사도 없이 혼자 준비했다 보니 안 될 것이 당연했고, 자신의 관할주소지 법원에서 안 되면 다른 곳으로 이사를 해서 관할법원이 바뀌면 또 제기를 한다는 이야기들을 많이 들어서 나도 그럴 생각으로 준비를 했던 것이고 '인용이 불허되면 나뿐 아니라 가족들도 실망이 클 것'이라는 생각에 조용히 혼자 결정한 일이었다.

성본변경은 보통 짧게는 3개월 길게는 1년 반까지도 걸린다는 이야기를 듣고 하루하루 기도만 할 뿐 나의 초조함을 누구에게도 들키지 않으려 애를 썼고, 그야말로 살

얼음판을 걷는 마음으로 숨죽여 기다렸다. 그리고 정확히 3개월 뒤에 집으로 법원에서 온 우편물이 도착했다.

그곳에는 인용 결과가 나와 있지 않고 판결이 났으니 그 판결문은 며칠 뒤에 또 다른 우편물로 도착한다는 일종의 안내문이었다.

그때부터 심장이 터질 것처럼 뛰기 시작했다. 다시 우편물이 오기까지 기다리는 것도 너무 힘들었다.

한참 고민을 하다 결국 법원에 전화를 걸어 사건번호를 말씀드리며 혹시 결과가 어떻게 나왔는지 떨리는 목소리로 조심스레 물어보았다. 바쁘게 키보드 치는 소리가 들리더니 잠시 후 적막을 깨고 들리는 목소리….

"네 고우리 님이 신청하신 성본변경은 판사님께서 인용하셨습니다."

"………………."

그동안 꾹꾹 참아 왔던 눈물이 왈칵 쏟아졌다. 그동안 당했던 서러움들과 쓰라린 상처들이 그 한마디에 모두 없던 일이 되는 듯했다.

"감사합니다. 감사합니다."를 연신 반복하고 전화를 끊고 나서 친정엄마와 언니에게 제일 먼저 알렸다.

모두가 내 일처럼 기뻐해 주었고, "그보다 오빠 성으로 소송을 제기한 너도 정말 대단하고, 그것을 인용해 주신 판사님도 대단하다."며 모두가 놀라워했다.

사실 제일 놀란 건 내 자신이었다. 나조차 믿음이 없었고, 확신도 없었기 때문이다.

그때 내 뇌리를 스치고 지나간 말이 생각났다.

내가 힘들 때마다 꺼내 들며 스스로를 위로했던 말.
"바랄 수 없는 중에 바라는 것이 진짜 믿음이다."

그렇다.
나의 하나님께서는 절대 바랄 수도 없고, 바라서도 안 되는 그 엄청난 일들을 계획하게 하셨고, 그것은 결국 하나님의 선하신 계획대로 이루어 주셨다.

사람으로서는 도저히 할 수 없고, 감히 상상도 할 수 없는 말도 안 되는 이야기를 하나님께서는 나를 통해 이루어 가고 계셨다.

나의 고난도 나의 어려움도 주님은 축복의 도구로 사용하신다는 것을 느끼게 된 신기한 체험이었다.

그리고 불현듯 '라니가 세례를 받을 때 내가 아이 이름을 오빠 성을 따라 썼는데 그것을 거짓말이 아닌 현실로 만들어 주셨구나. 어느 하나도 놓치지 않고 나의 한숨까지도 하나님께서는 들으시고 응답하시는구나.' 생각하며 기쁨과 감사의 눈물이 흘렀다.

아직도 그때를 생각하면 가슴이 뛰고 벅참을 느낀다.

누구에게도 이야기하지 않은 하나님과 나만 아는 이야기. 그 은밀한 비밀을 하나님은 세상에 나가 전하라 하신다. 믿을 수 없는 기적과도 같은 내 삶의 체험들을 나누며 많은 이들을 위로하라 말씀하신다.

내 무거운 짐은 하나님이 모두 지겠다 하시니 너는 그저 믿고 앞으로 나가라고 하신다.

그게 내가 살아 있는 이유…. 하나님께서 나를 살려 두신 이유이다….

[마태복음 11:26-30 수고하고 무거운 짐 진 자들아 다 내게로 오라 내가 너희를 쉬게 하리라 나는 마음이 온유하고 겸손하니 나의 멍에를 메고 내게 배우라 그리하면 너희 마음이 쉼을 얻으리니 이는 내 멍에는 쉽고 내 짐은 가벼움이라 하시니라]

CCM 가수,
그리고 힐링 사역자로서의 삶

지금은 상상할 수 없지만 그 당시 내가 섬기던 인천은혜교회 담임 목사님이시던 김형일 목사님께서는 중고등부 청년부들도 무조건 주일 대예배와 주일 저녁 예배(그 당시는 저녁 예배가 저녁 7시 30분이던 시절)를 드리게 하셨다.

다행히 그때는 그것이 힘든 줄도 모르고 목사님께서 그렇게 하라고 하시니 당연히 그렇게 해야 하는 줄 알고 주일성수를 철저히 지키며 순종을 했던 것 같다. 그때의 그 예배 훈련이 훗날 성인이 되어서까지 나에게는 큰 도움이 되었다.

1년에 한 번씩 전 성도 부흥성회를 3일씩, 1주일씩 했고, 부흥회가 시작되면 우리 중고등부 학생들은 다른 날보다 더 많이 은혜에 젖어서 새벽예배까지 드리고 그 당시 전도사님이셨던 지금은 인천에 위치한 원웨이교회 담임 목사이신 백남준 목사님(그 당시는 전도사)의 열정적인 이끄심으로 우리 중고등부는 뜨거운 부흥을 했다.

중학교 3학년 때쯤이었던가. 그날도 여느 때처럼 3박 4일간 전 성도들을 위한 부흥회가 열렸다.

그 당시 강사 목사님으로는 최병헌 목사님께서 오셨었는데 목사님의 간증과 살아 있는 말씀을 들으며 한 번도 꿈꿔 보지 않았던 믿음의 비전에 대한 도전을 받게 되었고, 그 마음이 너무 뜨거워서 부흥회 마지막 날에는 손편지를 써서 직접 최병헌 목사님께 전해 드렸다.

편지 내용은 "목사님과 같이 살아 있는 하나님을 뜨겁게 전하는 신실한 선교사가 되어 목사님을 꼭 다시 찾아가겠다."는 내용이었다.

그렇게 십여 년이 흘러 삶이 너무 힘든 가운데 불현듯 잊고 지냈던 목사님이 생각이 나서 무작정 목사님께서 운영하시는 장애인복지센터로 목사님을 찾아갔던 적이 있다. 수많은 집회를 다니시던 목사님께서 나를 기억하실리 만무했지만 그와 상관없이 그냥 내가 목사님이 너무 보고 싶었다.

그런데 목사님은 너무나 놀랍게도 내 얼굴과 내 이름을 정확하게 기억하고 계셨고, 나를 언제나 기다리고 계셨다는 말씀을 듣게 되었는데 돌아온 탕자를 기다리시고, 반갑게 맞아 주시는 하나님의 마음이 느껴지고, 참된 아빠의 정을 느끼게 되었다. 그것을 계기로 목사님과 자주 소통하며 지내다 당시 내가 다니던 쇼호스트 학원에서 감사하게도 경매행사를 통해 얻게 된 수익금 전액을 목사님의 복지센터로 기부까지 하게 됐고 장애인 선교단 예배에 초대되어 특송에도 세워 주시며 나를 끝없이 믿어 주시고, 독려해 주신 덕분에 그 힘든 가운데서도 많은 힘과 위로를 받았던 소중한 추억의 시간들을 선물 받은 것 같은 소중한 그 시간 그때의 추억들….

그렇게 잊고 지냈던 선교사의 꿈은 한 번씩 가슴에 파고들어 와 내 가슴을 뛰게 했고, 그때마다 더 많은 "사연 있는 간증자"로 하나님께서 나를 성도님들 앞에 세워 주시려는 그 마음을 읽게 되었다.

그렇게 발상의 전환을 하고 나니 참으로 신기하게도 그때부터 내게 닥쳐오는 고난들이 마냥 힘들지만은 않았던 것 같다.

'이것 또한 이겨 내면 간증의 재료가 생기는 것이니 기쁨으로 기꺼이 이겨 내리라.' 다짐하고 또 다짐하며 힘든 그 마음들을 다독이곤 했다. 그러면 정말 신기하게도 그 순간 위로가 되었고, 힘이 되었다.

"내가 지금의 고난을 잘 극복해야 사람들에게 더 뜨거운 간증을 생생히 전할 수 있으니 하나님 내게 주신 고난들. 내가 감사히 달게 받겠습니다."

눈물로 매일을 기도했다.

그 때문이었을까.

하나님께서는 내게 참으로 많은 다채로운 고난과 역경을 허락하셨고, 그 뒤에는 더 큰 축복과 은혜로 나를 다시 그 고통의 그늘에서 꺼내어 단비를 맞게 해 주셨다.

간증의 소재들이 하나하나 쌓여 갈 때즈음 하루 아빠가 출연한 뮤지컬 음악 감독으로 오랜 시간 호흡을 맞춘 친한 지인이 공교롭게도 우리가 제주에서 이사와 일산에 터를 잡았을 때 똑같은 시기에 같은 아파트단지로 이사를 오게 되었다.

그 당시 세종대학교 실용음악 교수로 재직 중이셨는데

사모님과도 친분이 쌓여 친하게 지내다 보니 자주 만나며 음악이야기를 하다 CCM 앨범 제작 이야기가 나왔고 마치 오래전부터 준비해 온 작업처럼 아주 순조롭고도 자연스럽게 앨범 제작을 시작하게 되었다. 사모님 역시 가수 출신이라 내 모든 노래를 가이드해 주었고, 보컬레슨과 코러스 등 물심양면으로 나를 도와주었다. 하루 아빠도 집에서 노래 연습을 하며 밤낮없이 시끄러운 소음과도 같은 듣기 힘든 시간들을 견뎌 주며 잘하고 있다고 응원해 주었다.

그러다 그 시기에 8천만 원의 재테크 피싱 사기를 당하게 되었던 건데 도저히 사람의 마음으로는 아무것도 할 수도 다시 일어설 수도 없을 것 같았다.

그러나 이번에도 역시 내 신앙 좌우명인 "바랄 수 없는 중에 바라는 것이 진짜 믿음."이라 생각하며 "하나님께서 나를 통해 계획하신 그 놀라운 일들을 내 삶을 통해 증거해 보이리라."라는 막연한 믿음으로 정신줄을 붙잡고 앨범 발매에 박차를 가했다.

그 당시의 힘든 상황을 묵상하며 쓴 곡이 나의 1집인

〈내게로 오신 주〉이다.

암흑처럼 앞이 하나도 보이지 않았지만 빛으로 내게 오신 주님 때문에 내가 다시 일어날 수 있다는 나의 간증과도 같은 곡이다.

어둠은 절대 빛을 이길 수 없다. 한 치 앞도 보이지 않는 칠흑 같은 어둠 속이어도 한 줄기 빛, 그거 하나면 어둠은 밝혀지게 되어 있다. 끝이 보이지 않는 광야의 길을 걷고 있지만 하나님께서 빛이 되어 주셔서 그래도 우리는 어제보다는 조금 더 힘을 낼 수 있다.

그리고 바로 두 번째 곡인 〈Dear my baby 부제: 아가에게〉.

이혼 후 홀로 하루를 키우며 남편 없이 자녀를 키운다는 것이 여자로서 얼마나 엄청나게 큰 부담이고 사무치는 외로움이 공존하는 일인지 너무 잘 알기에….

무엇보다 라니를 배 속에 품고 이 세상에 라니와 나 둘밖에 없는 것 같은 지독한 고독의 시간들을 지내오며 세상 사람들 모두가 손가락질하고 비난을 하고 비웃는 상황일지라도 오롯이 배 속의 이 아이 하나만을 지켜 내겠다는 그 마음을 담은 노래를 언젠가는 꼭 만들어 부르고 싶었다.

먼저는 내 아이들을 위해….

그리고 싱글맘 싱글파파 미혼모 그리고 조손가정의 아이들을 위로하고 축복하는 곡이 바로 〈Dear my baby 부제: 아가에게〉 이 찬양이다.

나의 어린 시절 아빠의 부재로 아빠와 사이가 좋은 친구들을 부러워하며 '나에게는 왜 마음을 나눌 아빠가 멀리 계시는 걸까?' 하며 외롭다 생각할 때 그때 내 손을 잡아 주신 참 주인 나의 하나님 아버지….

그 진심의 마음을 담아 이 노래를 만들고 불렀다.

이 노래가 발매되고 나서 아이를 홀로 키우시는 엄마들에게서 이메일이나 개인 sns 메시지로 많은 사연을 접했다. 내 삶도 참 굴곡이 많고 힘들다 생각하며 살아왔는데 내 고난쯤은 우습게 여겨질 정도의 더 큰 역경을 겪은 세상에 많은 마음이 아픈 사람들. 그들을 위로하는 게 나의 사명이고 하나님께서 지금껏 날 살려 두신 이유인 것을 살며 살아가며 온몸으로 깨닫게 하시는 하나님 아버지.

그래서 난 오늘도 몸을 바쁘게 움직인다.

내 공간에 누군가를 위로하는 글을 쓰고, 내게 상담해 오는 분들을 위해 기꺼이 나의 시간을 할애하여 긴 장문의 메일을 쓴다. 그게 바로 내가 살고 그들도 사는 유일한 길이라 생각한다.

[로마서 12:12-18 소망 중에 즐거워하며 환난 중에 참으며 기도에 항상 힘쓰며 성도들의 쓸 것을 공급하며 손 대접하기를 힘쓰라 너희를 박해하는 자를 축복하라 축복하고 저주하지 말라 즐거워하는 자들과 함께 즐거워하고 우는 자들과 함께 울라 서로 마음을 같이 하며 높은 데 마음을 두지 말고 도리어 낮은 데 처하며 스스로 지혜 있는 체 하지 말라 아무에게도 악을 악으로 갚지 말고 모든 사람 앞에서 선한 일을 도모하라 할 수 있거든 너희로서는 모든 사람과 더불어 화목하라]

찬양 사역자를 양성하는 삶

CCM 앨범을 4장이나 내고도 어떻게 사역을 해야 할지 몰라 갈피를 못 잡던 중에 유명한 사역자 한 분이 찬양 사역 양성과정수업을 진행한다는 광고를 보고 용기를 내어 문의를 했다. 지금 나의 상황을 이야기했고, 찬양 사역보다는 간증 사역을 주로 하고 싶다는 이야기와 함께 사역자님의 도움을 받을 수 있는지 여쭤보니 너무나 흔쾌히 본인이 다니는 (교회, 단체 등) 사역지가 많으니 소개해 줄 수 있고 충분히 도움을 줄 수 있다 하여 왕복 4시간 거리를 비싼 돈까지 들여 두 달 과정 등록을 했다.

그러나 기대했던 것과는 다르게 수업이 끝나고 나서는 전혀 후 관리가 되지 않았고 같이 함께한 수강생들도 7, 8명이었는데 모두가 기대했던 바람들은 무색해진 채 그렇게 우리는 허무하게 함께 예배 한번 드리지 못하고 끝나 버리는 상황을 보며 느꼈다.

'아…. 교회에서 사역을 하고 하나님 종이라 일컬으며 사역을 다니는 사람이라고 모두가 다 내 맘 같지는 않은 거구나. 그 사람은 이것이 진정한 본인의 후배로 나올 찬양 사역자들을 돕는 그 자체에 중점을 두는 것이 아닌 이 또한 그분에게는 그저 하나의 '일'일 뿐이구나.' 하는 생각을 하니 참 마음이 씁쓸하고 허탈했다.

그리고 그분의 소개를 통하여 교회에서 열심히 간증 사역을 하고 있을 모습을 상상하던 내 자신이 순간 참 초라해짐을 느꼈다.

그때 다짐을 했던 것 같다.

'나는 절대 그러지 말아야지. 돈보다 사람이… 돈보다 하나님이 먼저인 삶을 살아야지….'

그리고 '나는 정말로 찬양 사역을 꿈꾸는 후배들을 위해 선의의 마음으로 내 여력이 허락하는 한 최선을 다해 그들을 도와줘야지.' 하나님께 약속의 기도까지 했다.

그리고 드디어 나의 양성프로젝트 1탄으로 2022년 6월 어느 날.

내 친언니인 고아라 집사의 30년 된 오랜 꿈인 CCM 가수를 이뤄 주기 위해 곡의 모든 과정에 참여하며 A부터 Z까지 모든 비용을 책임지고 음반을 발매해 주었다.

무엇보다 가장 감사한 것은 내가 작사에 참여를 하게 되어서 나의 간증이 또 하나의 찬양으로 세상에 나오게 되어서 기쁘고, 벅차다.

또한 언니의 목소리를 통해 그 귀한 찬양을 통하여 많은 영혼 구원을 위해 나의 하나님께서는 또 얼마나 놀라운 계획들을 세우고 계실지 기대하는 마음으로 기도하고 있다.

나는 부자가 되고 싶다.

정욕적인 기도는 하지 말라고 목사님들이 수없이 말씀하시지만 그럼에도 나는 선한 부자가 되고 싶다. 그리고 반드시 될 것이라고 믿는다.

왜 교회 다니는 사람들은 가난해야 하고, 왜 교회 다니는 사람들은 힘들게만 살아야 하는 걸까?

"힘드니까 하나님을 믿는 거야."가 아닌 "하나님을 믿으니 저렇게 잘살게 되었나 보다."라는 그 모습을 꼭 보이며 남은 나의 여생을 살아 내고 싶은 것이 내 인생 마지막 소원이다.

생각해 보면 하나님께서는 항상 내가 노력한 것보다 더

많은 것을 주셨고, 하나를 내게서 빼어 간 것처럼 보이지만 결국은 그의 갑절을 내게 다시 가지고 친히 찾아와 주셨다.

그래서 하나님의 시간과 때를 인간인 우리는 도저히 알 수 없다고 하는 것 같다.

모두가 끝났다고 말했던 내 인생을 하나님의 때로 나를 다시 살려 주시고 세워 주시고 일으켜 주셨으니 나는 이제 어떤 일이 일어나도 성급히 속단하지 않는다.

'이 또한 하나님의 뜻이 있으리라.' 하나님의 그 마음을 매일매일 느끼려고 노력 중이다.

나는 이제 내 인생에 다가올 모든 순간순간을 긍정하고 축복한다.

[골로새서 3:16-17 그리스도의 말씀이 너희 속에 풍성히 거하여 모든 지혜로 피차 가르치며 권면하고 시와 찬송과 신령한 노래를 부르며 감사하는 마음으로 하나님을 찬양하고 또 무엇을 하든지 말에나 일에나 다 주 예수의 이름으로 하고 그를 힘입어 하나님 아버지께 감사하라]

모든 것을 내려놓고 보니
내 것은 처음부터 아무것도 없었음을

예배 중에 우리 교회 박웅순 목사님께서 말씀하셨다.

"빈 몸으로 세상에 태어났으니 살다가 모든 것을 잃어도 본전"이라고….

그것은 정말이지 진리의 말씀이었다.

모든 것은 하나님께서 주신 건데 돈을 잃었다고 꿈을 잃었다고 자녀에게서 아빠를 잃었다고 내게서 남편을 데려가셨다고 세상을 원망했다.

그러나 그 모든 것은 주신이도 하나님이시오, 거둬 가시는 이도 하나님. 모든 것은 철저하게 하나님의 것이었다.

그렇게 생각하고 나니 아팠던 마음이 치유되어 가고. 무거웠던 마음이 한결 가벼워짐도 느낄 수 있었다.

세상에 많고 많은 종교 중에 기독교라는 것을 내가 알게 되고, 교회를 다니며 하나님의 존재, 구원의 확신, 모든 것은 하나님에게서 시작되었다는 것을 알고 나니 너무 벅찼고, 나는 얼마나 복이 많고 행운을 얻은 사람인가를 알게 되었다. 하나님이 통치하시는 기독교는 종교가 아닌 믿는 자들의 삶, 그 자체이다.

내가 존재하는 이유고, 내가 살아가는 이유다.

풍전등화처럼 이 세상 열심히 살다가 언제고 하나님께서 부르시면 손에 쥐고 있는 것 모두 그대로 내려놓고 가야 하는 바람 같은 나그네 인생이 우리의 인생이다.

그렇게 생각하면 세상 무엇을 얻어도 세상 무엇을 잃어도 행복할 것도 불행할 것도 없다. 그저 하나님께서 계획하신 그 삶대로 살다가 내 가족 내 자녀들과 함께 하나님 곁으로 올라가는 게 내 인생의 최대 목표이자 평생의 기도제목이다. 그리고 그런 분이 평생 내 편이라 나는 정말 평안하다.

내 나이, 마흔.

사람 인생을 80세로 놓고 보았을 때 지금 나는 이제 겨우 절반을 살았다.

내 인생의 전반전은 나만을 위해 살았다면 내 인생의

후반전은 나를 구원하신 하나님만을 위해 마음이 어려운 이들을 섬기고, 사랑하며 하나님께서 부르시는 그날까지 하나님 영광만 드러내며 살고 싶다. 나는 죽고, 예수님만 살게 그렇게 보이지 않는 곳에서 조용히 하나님만을 드러내는 삶. 그것만이 내가 진정으로 바라는 나의 삶이다.

[시편 23:5-6 주께서 내 원수의 목전에서 내게 상을 차려 주시고 기름을 내 머리에 부으셨으니 내 잔이 넘치나이다 내 평생에 선하심과 인자하심이 반드시 나를 따르리니 내가 여호와의 집에 영원히 살리로다]

사랑만으로는 부족했던 나의 믿음

어린 시절부터 언니와 둘이서만 교회를 다녔던 나는 부모님들과 함께 예배를 드리는 친구들이 그렇게 부러울 수가 없었다.

특히 온 가족 수련회 때나 크리스마스 송구영신 예배 등 가족들이 한자리에 앉아 부모님께서 아이들 머리에 손을 얹고 기도해 주고, 눈물로 등을 쓰다듬어 주는 그 모습들이 어린 내 눈엔 그저 부러움의 대상이었다.

그래서 나는 꼭 믿음의 가정을 이루고 싶었다. 나보다 믿음이 더 신실한 남편을 만나 새벽예배에 나를 깨워 끌고 나갈지라도 나보다는 한 발 앞선 믿음의 사람이었으면 좋겠다 생각을 했었다.

그러나 배우자 기도를 할 때 나는 믿는 남편을 만나게 해 달라는 기도를 하지 않았다. 그저 내가 존경할 수 있고 어른 공경할 줄 알고 가정적인 남편….

무엇보다 외모지상주의였던 나는 2세를 위해서 외모가 우월한 유전자를 가진 배우자를 만나게 해 달라는 다소 철없는 기도를 하기도 했다.

결국 하나님은 모든 것을 들어주셨다.

그런데 딱 기도만큼만 들어주셨다. 외모부터 성품까지 모든 것을 갖췄지만 신앙생활을 하지 않는 사람이었다.

믿지 않는 남자친구를 만나는 사람들은 한 번쯤 그런 생각을 해 봤을 거다.

'내가 열심히 기도하며 이끌어 이 남자를 하나님의 자녀로 만들어야지….'

그러나 믿지 않는 사람과의 결혼생활은 생각보다 험난했다.

무엇보다 장손인 아버님 밑에 장손으로 태어난 남편, 그리고 장손인 우리 하루까지 모든 기대와 제사는 시어머니와 나의 몫이었고, 그 덕분에 제사상을 1년에 5, 6번은 차렸던 것 같다. 물론 제사상을 차리거나 제사음식을 하지 못한다는 핑계로 어머님 옆에서 거드는 일이나 전을 부치고 밤을 까는 정도의 단순노동이었지만 하나님을 믿는 내가 제사음식을 하고 있다는 자체가 나에게는 고통이었다. 특히나 제사를 지내고 난 뒤에 그 음식을 그대로 먹어야 하는 그 과정이 너무나 고역이었고, 평소 가리는 것 없이 잘 먹는 내가 입맛이 없다는 이유로 맨밥만 먹는 것도 한두 번이지 매 제사 때마다 정말 숨이 막히는 것 같았다.

집에 갈 때 한 보따리씩 제사음식과 과일을 싸 주시는 것도 나는 감사하다고 받아 와 놓고, 어쩔 수 없이 쓰레기통에 버릴 수밖에 없던 나의 그 모습들에 언제까지 이렇게 살아야 하는 건지 혼란스러운 시간들의 연속이었다.

무엇보다 나뿐 아니라 하루에게도 제사음식을 먹이기 싫었고, 제사상 앞에서 아이에게 절을 시키는 이유로 하루 아빠와 다투기도 많이 했다.

그래도 그나마 다행인 건 시어머님께서 지혜로운 분이시라 "종교는 자유이니 강요하지 않겠다." 말씀하셨고, 나중에는 제사음식을 먹지 않는 나를 위해 제사상을 차리기 전에 먼저 내 먹을 것을 따로 남겨 두셨다가 상을 차릴 때 그것을 먹도록 해 주셔서 어찌나 감사했는지….

하루 아빠 역시 제사를 지낼 때 하루를 절하지 않게 해 줘서 그것만으로도 나는 참 고맙다는 생각을 하며 지냈다.

그러나 신앙은 또 다른 문제였다.

무엇보다 어린이 뮤지컬로 전국투어공연을 주말마다 다녀야 했기에 주일에는 하루와 나만 둘이 덩그러니 남겨져 교회를 가야 했고, 중고등부 때부터 언니와 함께 다니던 교회에 언니조차도 남편과 온 가족이 드리는데 나만 하루와 외톨이가 된 것 같은 외롭고 처량한 기분에 다른 교회로 옮겨 다니기도 수차례였다.

그러나 처음 간 교회 유아실에서 하루와 함께 예배를 드리기란 쉬운 일이 아니었다. 그곳에는 하루뿐 아니라 하루와 비슷한 또래의 어린아이들이 휴대폰을 크게 틀어 놓거나 음식을 가져와 여기저기 흩트려 놓고 먹고 시끄럽게 떠드는 분위기에서 정신을 집중하여 목사님 말씀을 듣기란 여간 어려운 일이 아닐 수 없었다. 그러다 하루가 5살이 되었을 때즈음엔 이제 어느 정도 말귀를 알아듣는 나이가 되었다 생각하여 대예배실에 같이 들어가 예배를 드렸고, 하루가 집중이 조금 떨어질 것 같으면 휴대폰 소리는 꺼놓고 영상을 틀어 주며 그렇게 꾸역꾸역 예배의 자리를 지키고 집으로 돌아오곤 했다.

그때 나는 참 외로웠다.

남편과의 불화로 가정은 힘들었고, 하루를 위해서 그리고 나를 위해서 예배는 드려야 했고…. 그러나 마음이 너무 힘드니 목사님 말씀이 은혜로 다가오는 것이 아닌 그저 의무로 지키는, 주일성수를 위한 시간 때우기인 것은 아닌가 하는 의구심까지 들었다. 그러나 나를 오픈하기 싫어서 교구에 소속을 두지도 않았고 사람들과 일절 소통도 하지 않았다 보니 내가 무너질 때 그 누구도 나를 잡아줄 지체나 공동체가 없었다. 마음은 병들어 가는데 사람들과의 소통을 단절하고 살다 보니 내가 지금 위험한 상태라는 것을 알려 주는 사람이 있을 리도 만무했다.

그렇게 혼자서 믿음을 쌓다가 또 현실 앞에 무너졌다가 다시 눈물로 기도의 성을 쌓다가 다시 흐트러졌다가 반복을 하며 그야말로 억지로 그 시간들을 버티며 살았다. 그런 상황에서도 그때 내가 신앙을 놓지 않았던 이유는 바로 나의 자녀, 하루 때문이었다. 물려줄 것 없는 못난 부모지만 돈으로도 살 수 없는 믿음의 유산을 아이에게만큼은 꼭 물려주고 싶었다.

그리고 나는 그러하지 못했더라도 하루는 배 속에서부터 하나님의 보호하심으로 크고, 세상밖에 태어나서도 놀더라도 교회 안에서 교회 친구들과 예배하며 놀기를 바라는 엄마의 마음…. 그 소망이 내가 아이를 데리고 예배를 드리게 하는 원동력이 되었다.

다른 아이들은 엄마 아빠가 함께 나와 부모의 축복 속에서 유아세례를 받지만 하루와 라니는 엄마인 나 혼자만 아이를 안고 나가 목사님께 세례를 받았다.

특히 라니 때는 제주에서 가장 큰 제주성안교회를 다녔기에 30명이 넘는 아이들이 유아세례를 받았는데 그중에 엄마만 아이를 데리고 나온 사람은 나 혼자뿐이었다. 세례받을 아이들이 많다 보니 아이를 계속 안고 있는 게 힘들어 다른 아이들은 아빠들이 거뜬히 아이를 안고 서 있었지만 나는 홀로 아이를 안고 강대상에 서 있던 그 시간들 동안 속으로 얼마나 뜨거운 눈물을 흘리며 울었는지 모른다. 그리고 그때마다 기도했다.

"하나님. 내 아이들은 저와 같은 고민으로 홀로 외롭게 신앙생활하지 않도록 믿음의 사람들을 붙여 주세요. 이 아이들만큼은 저처럼 마음 둘 곳 없어 정처 없이 떠돌아다니지 않도록 좋은 교회에서 좋은 친구들과 함께 믿음생활할 수 있게 도와주세요."

[요한복음 16:32-33 보라 너희가 다 각각 제곳으로 흩어지고 나를 혼자 둘때가 오나니 벌써 왔도다 그러나 내가 혼자 있는 것이 아니라 아버지께서 나와 함께 계시느니라 이것을 너희에게 이르는 것은 너희로 내 안에서 평안을 누리게 하려 함이라 세상에서는 너희가 환난을 당하나 담대하라 내가 세상을 이기었노라]

그럼에도 나를 살게 하는 힘,
신앙

내게 신앙이 없었다면….

내게 하나님이 안 계셨다면 지금의 나는 어떤 모습으로 살아가고 있을까….

한 번씩 지난 힘든 시간들을 되뇌며 생각해 볼 때가 있다. 그럴 때면 나는 단언컨대 이미 이 세상 사람이 아닐 거라고… 이미 죽어 없어졌을 거라고… 확신하며 말할 수 있다.

나는 삶이 너무 힘들어 하나님께 제발 나를 거두어 가 주시라고 울부짖으며 통곡으로 기도할 때가 많았다. 그럴 때마다 하나님께서는 나에게 평안을 주시는 게 아니라 오히려 침묵으로 나에게 아무 말씀도 하지 않으셨다.

시간이 조금 흐른 뒤에 알게 된 것이지만 그때 하나님께서는 나에게 아무 응답이 없으셨던 것이 아니라 "잠잠하라."며 나의 흥분된 마음을 가라앉힐 시간을 주신 것 같다. 그리고 또 하나, 하나님의 침묵도 응답이었음을 알게 되었다.

나는 어린 시절부터 산전수전을 겪어 낼 때마다 감정의 동요에 크게 흔들리는 사람이었다. 사람들은 그 많은 일들을 겪어 냈으면 이제는 좀 의연해질 만도 하지 않냐고 물을 수도 있겠지만 그 상처들을 겪어 내며 치유하지 않은 채 괜찮은 척 덮어놓고 살다 보니 마치 상처 난 부위를 잠시 모래로 가려 놓은 것처럼 상처를 바로 보지 않으려 했고, 시간이 지나면서부터는 점차 그 모래가 상처 안으로 녹아 들어와 더 깊이 나를 쓰라리고 아프게 했다.

꺼낼 수도… 흘려보낼 수도 없이 아픈 채로 그냥 그렇게 덮어놓고 살아왔다.

그렇다 보니 한 번씩 고난이 닥쳐올 때면 내 마음은 또 다시 요동을 치기 시작했고, 괜찮은 듯 보였지만 사실은 아무것도 괜찮지 않았기에 그때마다 나의 지난 모습들과 대면하며 살았다. 그럴 때는 정말이지 너무 괴로웠다.

그렇게 나는 미친 사람처럼 감정의 리듬이 매 순간 날뛰었다. 그런 나를 멈추게 하는 것은 하나님께 기도하는 것밖에 없었다.

"나를 가게 하는 것도 하나님. 나를 멈추게 하는 것도 하나님."

이 말씀을 가슴에 새기며 나를 가혹하게 단련했다.

"하늘을 두루마리 삼고 바다를 먹물 삼아도 한없는 하나님의 사랑 다 기록할 수 없다."라는 찬송이 있다. 나는 그 찬송가를 부를 때마다 하늘을 두루마리 삼아 내가 흘린 눈물을 닦아도 부족하다는 노랫말로 해석을 하며 더 많은 눈물로 그 찬송을 불렀다.

그래서 나는 아직도 그 찬송가를 부르면 그렇게 눈물이 난다.

내 인생을 한마디로 표현하자면 "눈물"이다. 눈물을 흘리지 않고서는 내가 살아온 인생을 살아 낼 수 없고, 눈물이 없이는 내가 살아온 삶을 이해할 수 없다.

비록 눈물뿐인 인생이지만 그럼에도 하나님을 내가 만나 나는 살 수 있었고, 행복할 수 있었다. 지금의 삶은 힘들고 고단하지만 저 천국에서는 하나님과 함께 영원한 안식을 누릴 수 있으니 그 천국의 소망이 나를 살게 하는 가장 큰 힘이다.

지금의 삶도 세상의 눈으로 볼 때는 이유 없는 손가락

질과 동정심을 가질 수 있겠지만 예수님은 나보다 더한 수모와 고초를 겪어 내셨으니 나 역시 예수님처럼 자기 십자가를 메고, 넉넉히 이겨 내리라 마음을 다스려 본다.

나는 앞으로도 하나님이 없으면 안 된다.

내가 죽는 그날까지 하나님만 바라보며 하나님만 찬양하며….

거기에서 끝나는 것이 아니라 하나님만 전하며 그렇게 살다가 하나님이 부르시는 그날. "그래도 내게 주어진 인생 최선을 다해 나 열심히 살았노라." 외치며 웃으면서 하나님을 만나러 가고 싶다….

이 세상에서 고통에 신음하고 계시는 많은 성도님들이 나의 이 글을 보고 작은 힘이라도 내었으면…. 그거면 내가 나의 들키고 싶지 않은 나의 치부를 드러내는 보상으로 충분하다. 그것이 내가 이 책을 쓰게 된 이유이니까….

내 나이 마흔.

이제 나는 또다시 시작한다.

그리고 또다시 치열하게 살아 낸다.

하나님의 선한 계획하심을 신뢰하고 기대하며 그분이 내게 하시고자 하는 말씀에 귀를 기울여 본다.

사랑하는 나의 하나님!

이 책을 통하여 많은 이들을 위로하실 하나님을 전심으로 찬양하고 경배합니다.

할렐루야!

[잠언 16:9 사람이 마음으로 자기의 길을 계획할지라도 그의 걸음을 인도하시는 이는 여호와시니라. 아멘]

눈물로 쓴 이야기, 들어 주실래요?

초판 1쇄 발행 2022년 10월 17일

지은이 고우리
펴낸이 이기봉
편집 좋은땅 편집팀
펴낸곳 도서출판 좋은땅
주소 서울특별시 마포구 양화로12길 26 지월드빌딩 (서교동 395-7)
전화 02)374-8616~7
팩스 02)374-8614
이메일 gworldbook@naver.com
홈페이지 www.g-world.co.kr

ISBN 979-11-388-1288-7 (03810)